Que disfrutes del libro como yo disfruté la estancia en tu casa

[illegible] [illegible]

CW01597459

ESCENAS DE CINE MUDO

JULIO LLAMAZARES

ESCENAS DE CINE MUDO

Seix Barral Biblioteca Breve

Cubierta: «Carretera hacia Louveciennes,
efecto de nieve» (fragmento),
cuadro de Claude Monet

Primera edición: marzo 1994

© Julio Llamazares, 1994

Derechos exclusivos de edición en castellano
reservados para todo el mundo:
© 1994: Editorial Seix Barral, S. A.
Córcega, 270 - 08008 Barcelona

ISBN: 84-322-0701-2

Depósito legal: B. 7.110 - 1994

Impreso en España

Ninguna parte de esta publicación, incluido el diseño de la cubierta, puede ser reproducida, almacenada o transmitida en manera alguna ni por ningún medio, ya sea eléctrico, químico, mecánico, óptico, de grabación o de fotocopia, sin permiso previo del editor

A mi madre, que ya es nieve.

Esta novela, que no otra cosa es por más que a alguno le pueda parecer una autobiografía (toda novela es autobiográfica y toda autobiografía es ficción), se sitúa en una época y en unos escenarios que existieron realmente. Aunque los nombres no son los mismos, salvo excepciones, ni las historias que allí ocurrieron son exactamente éstas, unos y otras se les parecen bastante, al menos en mi recuerdo. Cualquier parecido con la realidad *no* es, por tanto, mera coincidencia.

EL AUTOR

MIENTRAS PASAN LOS TÍTULOS DE CRÉDITO

La pregunta no es si hay vida después de la muerte; la pregunta es si hay vida antes de la muerte.

La frase la leí alguna vez en algún sitio (o la soñé, que es lo mismo) y ahora vuelve a mi memoria al contemplar de nuevo estas fotografías que mi madre guardó y conservó hasta su muerte y que resumen en treinta imágenes los primeros doce años de mi vida. Los que pasé en Olleros, el poblado minero perdido entre montañas y olvidado de todos en un confín del mundo donde mi padre ejercía de maestro y donde yo aprendí, entre otras cosas, que la vida y la muerte a veces son lo mismo. Un pueblo duro y violento (por más que lo rodeara un bucólico y bellísimo paisaje) en el que se hacinaban y trabajaban más de ochocientas familias y en el que nada recordaba ya la pacífica aldea de montaña que Olleros, ciertamente, debía de haber sido en algún tiempo y que ahora, erróneamente, evocan en mi memoria algunas de estas fotografías.

Todo había comenzado, al parecer, al empezar el pasado siglo, con la llegada a aquellas tierras de *El Inglés*, un extraño y legendario personaje que apareció un buen día por la zona cargado de herramientas muy extrañas y sin otra compañía que un caballo. Tras unos cuantos meses en el valle explorando los montes y las cuevas del contorno y preguntando a los vecinos de los pueblos lo que éstos aún entonces ignoraban, *El Inglés* regresó a su tierra para volver poco tiempo después acompañado de otras personas y trayendo más herramientas y maquinaria.

Lo que *El Inglés* buscaba era, según parece, el hierro que los romanos, que también habían pasado por Olleros siglos antes —aunque de su recuerdo ya nada quedara—, habían dejado olvidado. Los ingleses, por su parte, también dejaron cuando se fueron, después de varios años trabajando, algunas pocas cosas olvidadas (una caldera de cobre, un gran baúl de hojalata y una batea oxidada que una familia del pueblo guardaba toda-vía en casa), las ruinas de la mina *Imponderable* —como ellos mismos la bautizaron— y el hilo de una leyenda que en seguida retomaron otros aventureros y buscadores de fortuna llegados de todas partes.

Que se sepa, ninguno encontró nada. Todos se fueron igual que habían llegado (salvo quienes, en el empeño, se quedaron ellos mismos para siempre allí enterrados), sin dejar otro recuerdo de su paso que alguna lejana anécdota y una serie de agujeros dispersos por la montaña. Éstos fueron, precisamente, los que, agrandados, sirvieron con el tiempo a Miguel Botías para iniciar sus trabajos.

Botías era un ingeniero que, al igual que los ingleses, apareció un buen día por Olleros siguiendo las viejas huellas de los romanos. Pero, al contrario que aquéllos, Botías no era un romántico. Al contrario que los ingleses y que los muchos aventureros que llegaron tras sus pasos, Botías representaba a un consorcio de empresarios y venía bien provisto de dinero y de licencias para explotar los yacimientos del valle. A él no le interesaba sólo el hierro de los romanos. A él le interesaba el hierro, pero también el carbón que dormía el sueño del tiempo en las entrañas de la montaña y que, en unión de aquél, podía un día, según él, convertir aquella tierra en El Dorado.

Las minas de Miguel Botías (tres chamizos de apenas metro y medio de diámetro: la *Moderna*, la *Antigua* y la recuperada *Imponderable*, cuyas ruinas aún se veían, cuando yo viví en Olleros, semienterradas bajo las zarzas) comenzaron a funcionar hacia mitad del pasado siglo y en ellas trabajaban a las órdenes de aquél varios vecinos de Olleros y de otros pueblos cercanos que alternaban el oficio de mineros con su trabajo en el campo. Eran hombres arriesgados, sin apenas herramientas, mal vestidos y sin más conocimientos del oficio que los que el propio Botías se preocupase de darles, por lo que muchos murieron en los continuos derrabes y corrimientos de tierra que cada poco se producían en lo más hondo de la montaña.

Pero el camino ya había sido iniciado. Tras los pasos de Botías, llegaron más empresarios que empezaron a excavar en otras partes y que ocupaban a más gente a medida que las minas avanzaban. El trabajo, aunque arriesgado, era rentable y, aunque el temor a un final como el que muchos tuvieron los asustaba al principio, cada vez eran más los que se decidían a ir a la mina abandonando sus antiguos trabajos en el campo. Y, así, en poco tiempo, el valle entero se convirtió en un hormiguero en el que se afanaban todos los hombres, e incluso algunas mujeres, de las aldeas de la comarca.

Fue por entonces, hacia 1845, cuando empezó a construirse en Sabero, el pueblo más grande del valle, la que sería, aunque por poco tiempo, la primera fundición de España. La competencia de las minas castellanas, de menor calidad y potencia, pero mejor comunicadas, convenció a los empresarios de la zona, empezando por Botías, de la necesidad de unirse para intentar realizar el sueño que éste había imaginado: fundir allí mismo el hierro utilizando el propio carbón y el mineral de la *Imponderable*. Fue así como nació la *Sociedad de Minas Palentino-Leonesa* (llamada así, más que por su área de acción, por el origen de los asociados) y como empezó a levantarse, sobre proyecto de un ingeniero francés, el primer alto horno de España. La maquinaria la trajeron de Inglaterra hasta el puerto de Gijón, de donde se trasladó hasta Sabero en carros, y empezó a funcionar hacia el final de 1847 entre la admiración y la euforia de sus mentores y de toda la gente del valle. En sus mejores años, la Ferrería de San Blas, como la bautizaron por el nombre de la ermita a cuya sombra se levantaba, llegó a tener dos altos hornos de 57 y 60 pies de altura, alimentados por calderas de vapor y ventilados por dos máquinas soplantes. La instalación se servía con vagonetas tiradas por bueyes que acarreaban el carbón desde la boca de las minas y producía no menos de dieciséis toneladas diarias de hierro que después se cortaba, en los propios talleres de la ferrería, en diferentes formas y tamaños. Pero el producto era de mala calidad (se resquebrajaba siempre por los bordes, incluso luego de forjado) y la mítica ferrería fue perdiendo actividad hasta que, en 1862, cerró definitivamente, quince años tan sólo después de haber sido inaugurada. Abandonada y a merced de los ladrones y del óxido, la maquinaria desapareció y el enorme edificio empezó a arruinarse hasta acabar convertido con el paso del tiempo en el depauperado y triste espectro arquitectónico cuyas bóvedas servían de cobijo a las parejas de Sabero y entre cuyas ruinas nos iniciamos en el amor y el tabaco varias generaciones de muchachos.

Con el cierre de la ferrería, la *Sociedad de Minas*

Palentino-Leonesa comenzó a decaer hasta que terminó siendo absorbida, como el resto de las compañías, por *Hulleras de Sabero*, la gran empresa que yo conocí ya y que, desde la llamada *huelga del hambre* (la gran huelga minera de 1917 que duró medio año y que obligó a muchas familias a emigrar hacia otras partes), explotaba en solitario todo el valle. El director era un ingeniero vasco descendiente directo de sus fundadores y a sus órdenes trabajaban cerca de dos mil personas, la mayoría de las cuales vivían en Olleros, donde la empresa, para preservar Sabero, que era el sitio en el que estaban las oficinas y los chalés de los ingenieros, había decidido construir los pabellones destinados a viviendas de los mineros. En virtud de ello y de quienes, atraídos por la fama de las minas, recalaban en Olleros para establecer allí toda suerte de comercios y negocios familiares, la pacífica aldea que *El Inglés* conociera un siglo antes era ya, cuando yo viví allí, un sucio y turbulento hacinamiento de más de cuatro mil almas.

Era un pueblo de aluvión, crecido anárquicamente y hecho a golpe de oleadas siguiendo el curso del valle y los estrechos barrancos que formaba entre sus pliegues la mayor de las montañas. Estaba, por un lado, el pueblo viejo, invadido poco a poco por la mina y ya prácticamente abandonado, y estaban, por el otro, las barriadas que la empresa había ido construyendo para acoger a la gente que se instalaba en Olleros a medida que las minas avanzaban (y que, de la misma manera, se marchaba cualquier día sin dejar detrás de sí más que un reguero de deudas y el polvo de sus zapatos). Con esa gente, y con los hijos de esos mineros para los que la propia vida no valía mucho más que una partida de cartas (acostumbrados como estaban a jugársela allá abajo), fue con los que yo aprendí todo lo realmente importante que he aprendido con los años. Por ejemplo —y vuelve otra vez la frase—, que la pregunta no es si hay vida después de la muerte, sino antes.

Seguramente, la primera vez que la oí (o la soñé, que es lo mismo) fue ya muy lejos de Olleros y en un tiempo diferente al evocado. Quizá la leí en un libro o la oí en una canción de la que no recuerdo la música ni dónde ni quién la cantaba. Pero, curiosamente, ahora vuelvo a recordarla al ver de nuevo estas fotos que mi madre conservó y guardó junto a mis cartas —las pocas cartas que le escribí, pero que ella siempre esperaba—, quizá porque su visión me trae también una imagen que ya creía perdida bajo el manto de la nieve acumulada en mi memoria por los años: la de los mineros que volvían del trabajo antes del amanecer, con todo el pueblo nevado, y cuyas figuras negras me cruzaba por la calle cuando, para ir a Sabero, salía de madrugada, sin saber nunca muy bien si eran hombres o fantasmas. Que es lo mismo que ahora pienso, sólo que también de mí, al ver de nuevo estas fotos que el destino me devuelve para hacerme recordar —¿o inventar?— aquellos años.

1. HORIZONTES LEJANOS

El primer recuerdo que conservo de mí mismo, en esa dimensión en la que el vaho de la memoria envuelve y difumina las imágenes, es el de un niño rubio de seis o siete años vestido con pantalones largos y un jersey de lana gorda verde y blanco. Un jersey que mi madre me habría hecho en largas tardes de invierno tejiendo junto a la estufa mientras tarareaba en voz baja las canciones dedicadas de la radio.

El niño está parado frente al cine, un oscuro edificio de dos plantas alzado, al final del pueblo, entre las escombreras y las tolvas de la mina y los tejados negros del economato. Hace frío y la noche ha caído sobre el pueblo, llenándolo de silencio y de lluvia helada, pero el niño sigue inmóvil frente al cine en el que hace ya una hora dio comienzo la película que sus padres están viendo sentados tranquilamente en el patio de butacas y que él ha de imaginar mirando las carteleras que anticipan a la entrada sus momentos principales.

Son cinco. Una, la primera, muestra tras el cristal, a la luz de una bombilla polvorienta, la imagen de una mujer apoyada contra un árbol y con los cabellos rubios cubriéndole la cara, como si por delante de ella (y de la cámara) acabara de cruzar un automóvil que, al pasar, la hubiese bruscamente despeinado. La segunda está casi tapada por completo por el cartel que anuncia el horario y el programa de la próxima semana, pero, a pesar de ello, el niño alcanza todavía a distinguir el perfil de un rascacielos frente al que hay estacionados varios taxis y sobre el que parpadea —o, al menos, él así lo imagina— un letrero luminoso bajo el cielo negro y blanco: *Hotel Barbizon*. La tercera le muestra un coche parado al borde del mar, en una playa desierta por la que vuelan papeles y toldos abandonados. En la cuarta, un hombre y una rubia —quizá la misma de la primera imagen— se besan con pasión delante de un perfil de acantilados. Y la última, la más misteriosa (por la abundancia de sombras y por el polvo que cubre el rincón de la vitrina en que se exhibe, el más lejano a la puerta y el menos iluminado), muestra el cadáver de un hombre —tal vez el que besaba en la anterior a la mujer de la primera imagen— tendido en un callejón en medio de un charco de sangre.

Parado enfrente del cine, mientras la noche despuebla el barracón de la mina y las callejas cercanas, el niño, a pesar del frío, apenas siente ya nada. El niño, ahora, está muy lejos de ese pueblo sobre el que tiemblan la lluvia y las estrellas heladas y, con la mirada ausente, las manos en los bolsillos de una oscura americana, vaga ahora por las calles de una ciudad muy lejana en la que, en vez de pabellones, hay hoteles y, en lugar de vagonetas, automóviles que brillan bajo la luna como diamantes. Cierto que aún oye las voces que retumban como un eco en la cabina de al lado. Pero él ya no las oye en la cabina ni, a lo lejos, en el patio de butacas. El niño, desde hace rato, escucha esas mismas voces mucho más limpias y claras (como si él fuera ya el único que ahora pudiera escucharlas) mientras, con su americana, camina por las aceras de una ciudad solitaria en la que una mujer rubia le espera para besarlo.

—¡Julio! Pero, ¿qué haces tu aquí con el frío que hace?

De la mano de sus padres, por las callejas del pueblo, el niño regresa a casa sintiendo otra vez de nuevo el frío intenso del viento y el olor húmedo y negro que trae de las escombreras mientras su memoria sigue vagando entre los hoteles en los que una mujer rubia le espera para besarlo y a la que volverá a buscar mañana cuando el *Cine Minero* esté cerrado. Luego, dentro de algunos días, cuando una nueva película sustituya a la anterior en el programa, le pedirá al señor Mundo, el encargado del cine, las cinco carteleras retiradas y, durante mucho tiempo, las contemplará en su casa, una noche y otra noche, mientras las pinta a mano con esos viejos colores que solamente existen en el cine y en la memoria del niño que ahora me mira de nuevo desde el fondo de esta antigua y diminuta cartelera que alguien le hizo a él un día a la puerta del cine y al pie de la vitrina de sus sueños, sobre el fondo de un cartel en el que James Stewart apunta su pistola hacia la cámara mientras, con su brazo izquierdo, protege a Julia Adams de algún peligro invisible que desmiente detrás de ellos un paisaje melancólico de vacas y de montañas sobre cuyo horizonte aparece dibujado el nombre de la película que aquel día se exhibía en el *Minero* y el de la fotografía que ahora tengo entre mis manos: *Horizontes lejanos*.

2. RETRATO DE UN FANTASMA

Desde cada fotografía, nos miran siempre los ojos de un fantasma. A veces, ese fantasma tiene nuestros mismos ojos, nuestro mismo rostro, incluso nuestros mismos nombres y apellidos. Pero, a pesar de ello, los dos somos para el otro dos absolutos desconocidos.

Desde cada fotografía, nos mira siempre el ojo oscuro y mudo del abismo. A veces, como en ésta, ese ojo oscuro es apenas perceptible, se diluye en el clima escolar y apacible de una mañana de invierno que la estufa que mi padre ponía en marcha antes de que llegáramos los alumnos llenaba de calor y de un suave olor a humo. La estufa no aparece en la fotografía. La recuerdo en una esquina de la escuela, entre la carbonera y el armario de los libros, grande y negra como un tren y con la barriga siempre al rojo vivo. Mi padre la encendía muy temprano, para que cuando llegáramos sus alumnos no hiciera frío, y, luego, nosotros nos encargábamos de atizarla cada poco añadiéndole el carbón que la empresa nos mandaba cada poco de la mina. También servía a veces para calentar la tinta, que se quedaba helada algunas noches por el frío, y para preparar la leche en polvo americana que mi padre removía con un palo y repartía luego en el recreo en grandes tazas de aluminio. Todo ese olor, el de la leche en polvo y el del carbón, el de la chimenea y el de la tinta, es el que flota en esta vieja foto de cartón, coloreada a mano por algún fotógrafo desconocido, aunque la estufa no se vea ni el humo borre el rostro de ese niño que tiene mis mismos ojos y mis mismos apellidos.

Es el mismo que el del cine. Quizá ha pasado algún tiempo (éste parece mayor y tiene el pelo más rubio), pero en los dos se advierte el mismo gesto serio y contrariado, la misma incomodidad ante la fotografía. Posiblemente sea ésa ya la única cosa que a los tres nos une. El de la escuela ya no lleva tampoco el grueso jersey de lana que mi madre le hizo a mano en largas noches de invierno tejiendo junto a la estufa, ni los pantalones largos que gustaba de ponerse los domingos, más que para combatir el frío, para parecer mayor ante los ojos de las mujeres que lo esperaban para besarlo en la pantalla del cine. En su lugar, una camisa blanca y un jersey marrón de punto tratan de hacer de él ese hombre anticipado y prematuro que siempre quiso ser y que, ahora, ante el ojo indiferente de la cámara, le viene grande sin duda. Ni siquiera la pluma que sostiene entre los dedos, apuntando a un cuaderno de hule negro sin mirarlo, ni la bola del mundo en que apoya la otra mano —premeditadamente señalando a España—, pueden darle el aplomo que le falta. Aunque le cueste reconocerlo, su mirada es la de un niño de seis años.

Y, sin embargo, ésa es ya mi mirada. La misma que me contempla desde el espejo al levantarme cada mañana. La misma que ahora me busca a la luz de este cartón y al trasluz de la distancia tratando de hallar en mí algún otro detalle que me pueda identificar con ese mudo fantasma. Pero no hay más. Ni el gesto, ni la actitud, ni la forma de la cara o de las manos. Ni siquiera el color verde de unos ojos que un fotógrafo ambulante pintó a mano igual que pintaba él los de las mujeres rubias que sólo viven en las pantallas. Lo cual no impide que, a pesar de todo, ahora recuerde aquel día y a aquel viejo fotógrafo como si, para mí, siguieran siendo todavía muy cercanos.

Apareció en la escuela una mañana por sorpresa (al menos, yo no recuerdo que nadie nos avisara) con su maleta al hombro y la cámara y el trípode en la mano. Era un hombre ya mayor, vestido con un sombrero y con un traje de rayas y con ese extraño aspecto de los hombres que caminan por el mundo muy cansados. Era gallego (o portugués, quién sabe) y llevaba muchos años, según le dijo a mi padre, recorriendo las ciudades y los pueblos del país con la maleta al hombro y la cámara y el trípode en la mano. Se ganaba la vida visitando las escuelas y haciendo fotografías que luego pintaba a mano.

—Mira, chaval. De aquí soy yo —recuerdo que me dijo, señalando algún punto hacia el oeste, mientras le ayudaba a colgar un mapa encima del encerado.

Durante todo el día estuvo haciendo fotos, con el permiso expreso de mi padre, que también posó ante la cámara. Montó el trípode en el medio de la escuela y, uno detrás de otro, fuimos pasando todos por la mesa del maestro, en la que previamente había colocado un cuaderno y una pluma y la bola del mundo giratoria que teníamos guardada en el armario. Como telón de fondo, una sábana doblada y el mapa que yo le ayudé a colgar encima del encerado.

—Quieto, no te muevas. Mira fijo hacia la cámara.

Durante todo el día, uno detrás de otro, fuimos pasando todos por delante de la cámara, repitiendo el mismo gesto y la misma actitud rígida y artificiosamente espontánea: la pluma en una mano, apuntando hacia el cuaderno sin mirarlo, la otra en la bola del mundo (con los dedos sobre España) y los ojos clavados en aquel cristal oscuro desde el que él nos miraba, la cabeza escondida bajo el sombrero y la mano derecha sujetando el final del cable.

Nunca lo volví a ver. El fotógrafo se fue igual que había venido cuando acabó su trabajo, dejándonos tan sólo de recuerdo una sonrisa y, al cabo de algunos días, en que llegaron a la escuela por correo, nuestras propias fotografías coloreadas. A las pocas semanas, ya nadie hablaba de él ni se acordaba siquiera de su paso. Pero, durante mucho tiempo, yo no logré olvidarlo. Durante mucho tiempo, yo esperé su vuelta en vano, vigilando cada poco la ventana con la esperanza de ver aparecer su viejo coche dando tumbos por el fondo de la plaza.

Quizá por eso lo recuerdo todavía, tantos años después y tantas fotografías en la distancia, y, aunque en la suya no encuentre más que mi propio fantasma, su recuerdo sigue impreso en mi memoria como si fuera una foto coloreada: su sombrero de fieltro, su maleta, su trípode y su cámara, su viejo traje de rayas y el perfil de su figura silenciosa inclinada ante el volante mientras su destartalado coche se alejaba dando tumbos entre las escombreras de la mina abandonada.

3. LAS COLINAS DEL DIABLO

Muchos años después, en el parque de Grünewald, en Berlín, volví a ver aquellas escombreras de mi infancia.

Yo había llegado a la ciudad del Muro, enviado por un periódico español, para hacer un reportaje de la vieja capital del Reich y de Alemania. Fue poco antes del diluvio, apenas meses antes de que, de pronto, abrieran por sorpresa la compuerta —cuando nadie lo esperaba— y el mar humano tantos años contenido tras el muro se desbordara. Durante una semana (recuerdo que era junio y que la primavera llenaba de deseos y de flores los paseos y los parques alemanes), recorrí las avenidas de Berlín buscando entre sus piedras el recuerdo de la mítica ciudad que un día fuera el centro del mundo y el nido de la serpiente que estuvo a punto de devorarlo. Vi las cruces del muro, las alambradas, los pasos en que murieron muchos hombres y mujeres al intentar cruzarlo. Fotografié las iglesias y los palacios bombardeados. Recorrí la célebre avenida de los Tilos (aquella por la que, en sus días de gloria, desfilaban desafiando al mundo los ejércitos de Hitler bajo la sombra verde de la Victoria Alada) y el legendario canal en el que una fría mañana del invierno de 1919 aparecieron flotando los cadáveres de Liebknecht y de Rosa Luxemburg y en el que, en los albores de la guerra, navegaban, sujetas a pequeños flotadores, millares de banderas con la cruz gamada. Vi también la franja de la muerte, la vieja Estación Central arrasada. Me asomé al puente de Glieniker (el mismo por el que rusos y americanos canjeaban sus espías cuando la *guerra fría* era sólo una frase que yo oía allá, en Olleros, por la radio) y, por la Friedrichstrasse, crucé un día al otro lado para ver la cara oculta de la luna y comprobar como Celan, como Isherwood, como Handke, que en Berlín se siente el peso del mundo más que en ninguna otra parte. Pero, de todo ello, de todo lo que vi o creí ver a mi paso, más aún que el perfil del muro o que las estaciones del viejo Metro cerradas desde la guerra y vigiladas día y noche desde entonces por policías con perros amaestrados, lo que más me impresionó fue la visión, en el parque de Grünewald, de la mítica Colina del Diablo.

Aquella tarde yo volvía de Spandau, de buscar el edificio que durante cuarenta años había cobijado al prisionero más solitario y patético de la historia de la humanidad. No lo encontré. Rudolf Hess, el lugarteniente de Hitler condenado a cadena perpetua por el tribunal de Nüremberg, había muerto días antes (en la propia cárcel en la que consumió su vida y sin poder volver a ver nunca Berlín) y las potencias aliadas que durante todo ese tiempo se habían turnado en su custodia y vigilancia habían demolido a toda prisa el edificio para impedir que se convirtiera en lugar de devoción para grupos neonazis. Decepcionado, volví sobre mis pasos y, por la orilla del Havel, regresé a Berlín cuando el sol ya empezaba a caer sobre los parques. En el de Grünewald, cerca ya de mi hotel, me senté a descansar y a fumar un cigarro. En torno a mí, grupos de niños jugaban sobre la hierba ante la mirada atenta de sus madres. Alguno, más arriesgado, trepaba por la colina que se elevaba sobre los árboles y en cuya cima recortaban sus siluetas las inquietantes antenas de un radar americano. No era muy alta, aunque sí lo suficiente como para dominar la ciudad y para que los niños pudieran deslizarse por el césped rodando ladera abajo. Y, también, según supe más tarde, para que, en el invierno, cuando la nieve cubre durante meses la gran llanura alemana, los berlineses esquíen por sus laderas a falta de otras alturas y pendientes de importancia.

El vagabundo que a mi lado bebía su cerveza ajeno a las caídas de los niños y a los gritos asustados de sus madres se encargó de contármelo. En realidad, aquello no era una colina, como tampoco lo eran los pequeños promontorios que había visto en mi camino a lo largo de la orilla del río Havel. Aquello era un montón de escombros —sepultados, eso sí, bajo la hierba con los años— de los muchos que las mujeres berlinesas, alineadas en hileras y sin más ayuda que sus manos, levantaron en los parques cuando, al acabar la guerra, y con sus maridos muertos o en la cárcel, se vieron obligadas a desescombrar Berlín para poder reconstruir sus casas. Montones de ruinas y de escombros en los que, con los cascotes, las berlinesas enterraron también muchos de sus recuerdos y todo el dolor de un pueblo que ni siquiera tenía derecho a manifestarlo.

—Por eso —concluyó el vagabundo—, a ésta, que es la más grande, la llamaron la Colina del Diablo.

No sé por qué; pero, mientras la noche caía lentamente sobre el parque, silencioso y desierto tras la huida hacia sus casas de los niños y sus madres, yo recordé de pronto, igual que lo hago ahora, aquellas escombreras que se alzaban junto a Olleros y en cuyo fondo se escondía la memoria de todos los mineros sepultados. Negros montes de tierra y de carbón, a veces ya cubiertos por los cardos y las zarzas, pero sobre los cuales podían verse todavía los agujeros ciegos por los que el gas grisú había reventado la montaña.

Recuerdo todavía la que había detrás justo de mi casa. Entre los pabellones de la empresa y los cubiles (aquellas diminutas y sórdidas chabolas que servían para criar el cerdo y algunos animales, pero en las que los mineros habían vivido antes), elevaba su cresta como un barco varado al que los niños subíamos a jugar como los de Berlín a la Colina del Diablo. Ignorábamos aún que, bajo ella, y bajo cada escombrera de las muchas que elevaban sus siluetas alrededor de las casas, algún minero había hallado la muerte sorprendido por un derrabe de carbón o por el estampido negro y seco del grisú en el interior de la montaña.

Yo tardé aún en saberlo varios años. Tendría nueve o diez cuando una tarde, al salir de la escuela, vi gente que corría dando gritos en dirección al barrio del economato. Corrí tras ellos y, desde lejos, divisé ya más gente reunida alrededor de un socavón que se había abierto justo al lado de las casas. Era un pozo muy hondo, como de quince metros, en cuyo fondo podía verse un agujero del que fluía un agua negra y espesa y un fuerte olor a quemado. Al parecer, según contaba alguien, de repente se había oído una explosión y el huerto en que cuidaba sus verduras se había venido abajo.

No pude verlos cuando los sacaron. Durante toda la noche, a la luz de las linternas y los faros de un camión, las brigadas de salvamento de la empresa estuvieron trabajando y hacia el amanecer consiguieron rescatar el primero de los cadáveres. Esa vez, fueron cuatro. Los cuatro, negros, quemados. Uno de ellos el padre de Balboa, mi compañero de juegos y de pupitre en la escuela y autor de la cicatriz que todavía llevo en la frente como recuerdo de aquellos años: me la hizo con una piedra un día en que nos pegamos. Lo que no impide que ahora recuerde sus lágrimas caminando por la calle junto a mí la mañana del entierro de su padre.

Como aquel accidente, hubo muchos aquellos años; tantos como escombreras alzaban sus crestas negras alrededor de las casas. La mina estaba justo bajo el pueblo, horadando la tierra por todas partes, y alguna vez, incluso, se tragó algún cubil y algunos de los huertos que los mineros cuidaban para completar su sueldo y para curar sus pulmones roídos por el trabajo. De repente, una explosión hacía temblar la tierra, rompiendo con su estampido los cristales de las casas y, en seguida, un pozo oscuro se abría en alguna parte. Pero los hundimientos no duraban mucho tiempo al descubierto. Aparte de su peligro (algún perro desapareció para siempre tragado por la montaña e, incluso, un pobre borracho estuvo a punto una noche de seguir sus mismos pasos al caer a uno rodando), la gente se apresuraba a taparlos arrojando sobre ellos todo tipo de basura y desperdicios, como si así quisiera olvidarlos. Luego, la empresa se encargaba de que desaparecieran definitivamente del mapa usándolos de escombreras para el carbón desechado. Escombreras que crecían poco a poco entre las casas hasta acabar convirtiéndose en auténticas montañas y que ahora trae de nuevo a mi memoria, como aquella tarde en Berlín la visión de la Colina del Diablo, esta pequeña fotografía en la que mi hermano y yo, el uno al lado del otro, pero distantes, posamos para la cámara delante de la que había al lado mismo de nuestra casa.

4. LA MÁQUINA DEL TIEMPO

Es extraña la forma en que la memoria se ilumina y manifiesta. Cuando empecé a escribir estas notas (pies de foto personales para este álbum perdido de mis años en Olleros), no creía recordar más que algún nombre y alguna imagen lejana milagrosamente salvada del paso voraz del tiempo. Pero, a medida que las contemplo —y, sobre todo, a medida que busco detrás de ellas—, los ojos se me iluminan y las fotografías se mueven y cobran vida como aquellas carteleras que veía en la vitrina del *Minero*. Sólo que éstas son las de mi vida y, por eso, yo soy el único que les puede dar sonido y movimiento.

Es lo mismo que pasa con los recuerdos. A veces —la mayoría—, no son más que carteleras, escenas de una película que se quedó reducida a cuatro o cinco momentos y a la que sólo puede dar vida el foco distorsionado de la máquina del tiempo. Una máquina tan vieja, y tan caprichosa a veces, como la que el señor Mundo encendía, al empezar la película, en la tibia oscuridad de su cabina y que me transportaba lejos de aquel humilde cine de pueblo. Sólo que los recuerdos no pueden pararse, ni borrarse, como él hacía, cuando uno quiere.

Los recuerdos simplemente se suceden. Aparecen de pronto detrás de una fotografía y, luego, van pasando poco a poco por delante de nosotros y desapareciendo (a veces, muchas veces, para siempre). Es por eso, para no volver a perderlos, por lo que hoy me he puesto a escribir, después de tantos años sin verlas, los pies de estas fotografías que mi madre guardó y conservó hasta su muerte y que, como carteleras viejas, resumen en sus imágenes la película de un tiempo que, sin que me diera cuenta, se fue quedando olvidado en lo más hondo de mi memoria como los rollos inservibles o quemados en el desván de la cabina del *Minero*. Como ésta: una tarde de invierno, en el Tercero de Olleros (como llamaban al monte que había a la entrada del pueblo), mis amigos resbalan sobre la nieve mientras yo los miro desde lejos, sentado, en primer plano, en el kilómetro de piedra de la carretera.

Así, a simple vista, es todo lo que recuerdo, todo lo que podría escribir sobre esta imagen que el fotógrafo nos hizo sin que nos diéramos cuenta (a juzgar por el encuadre, la debió de hacer desde el monte que había al final de la cuesta). Pero, a medida que la contemplo, las figuras se mueven y cobran vida y el paisaje va adquiriendo poco a poco dimensiones y relieve. Es la máquina del tiempo, que se enciende, el foco de la memoria que ilumina la película de aquella tarde de invierno y que la proyecta luego en la pantalla borrosa de los recuerdos y de los sueños.

—Venga, Julio, no tengas miedo.

La voz lejana y distante que me llama por mi nombre suena ahora en mis oídos como si la estuviera oyendo. Pero es la voz de un muerto. Un muerto que vuelve a hablar, como los actores muertos, cada vez que la película en la que quedó grabada empieza a rodar de nuevo:

—Venga, Julio, no tengas miedo.

La voz retumba en la noche, se pierde por el pasillo, se desmorona en un eco y, luego, poco a poco, se deshace como si fuera de nieve. Y, así, tantas veces quiera:

—Venga, Julio, no tengas miedo... Venga, Julio, no tengas miedo...

Es la voz de José Antonio, el hijo del arenero, como llamaban al padre por su oficio, que sólo él ejercía en el pueblo: sacaba arena del río y luego la vendía por las casas, transportándola en un viejo camión, para las obras de construcción y para fregar las chapas de las cocinas de hierro (aún llevo dentro, a pesar de los años, el olor a vinagre con el que mi madre la humedecía para que hiciera de corrosivo y el áspero chirrido de la arena sobre el hierro cuando, después de comer, se ponía a fregar la nuestra). José Antonio está parado en mitad de la carretera, al final de la cuesta por la que acaba de bajar resbalando sobre el hielo, y me invita desde allí a seguir su ejemplo:

—Venga, Julio, no tengas miedo.

Yo lo miro desde mi asiento en el kilómetro de piedra, que es el único elemento del paisaje, aparte de nosotros y de un perro, que en la fotografía sobresale de la nieve. No digo nada; pero tampoco me muevo, y no porque tenga miedo. Ni a él, ni al fotógrafo, ni a arrojarme resbalando cuesta abajo sobre el hielo. Simplemente es que prefiero seguir sentado en la piedra mientras los demás suben y bajan resbalando por la cuesta y la tarde va pasando lentamente.

Luego, tal vez nos fuimos todos con el anochecer dejando solos al fotógrafo y al perro. Pero ¿nos fuimos todos realmente? ¿Nos fuimos todos con el anochecer o alguno se quedó, con el fotógrafo y el perro, en el Tercero de Olleros y en la fotografía para siempre?

La respuesta está quizá en la propia foto, al

dorso de la cual yo escribí un día: *Invierno de 1961. Resbalando en la nieve con Balboa, Ibarra, Miguel y José Antonio, el hijo del arenero.* Y, entre paréntesis, debajo, con otro tipo de letra: *Que se mató con el camión del padre un día en que también la carretera estaba helada en el Tercero de Olleros.*

5. SE VIVE SOLAMENTE UNA VEZ

En el Cais do Sodré, en Lisboa, hay un viejo café en el que el tiempo no sólo se ha detenido, como en tantas tabernas y comercios portugueses, sino que corre al revés. El café está en el puerto viejo de Lisboa, en lo que en tiempos fuera un muelle de descarga sobre el Tajo (hoy convertido, tras el desvío de éste, en la plaza del Duque de Terçeira) y se llama *British Bar* en recuerdo, quizá, de los ingleses que durante siglos controlaron el comercio marítimo que tenía su centro en esa zona de la ciudad. Siempre que voy a Lisboa paso por él. Me gusta sentarme a media tarde en una de sus mesas y, mientras tomo un café, contemplar a través de la ventana el movimiento de los tranvías y el de los negros que, pese a que el antiguo puerto ya ha quedado abandonado y el nuevo lejos de allí, siguen vendiendo en la plaza el pescado que los barcos traen a Lisboa al amanecer. Pero lo que más me gusta del *British Bar,* lo que me fascina de él, es un viejo reloj de pared que preside la barra y en el que, milagrosamente, las agujas y el tiempo discurren al revés.

Nadie ha sabido explicarme el por qué. Quizá fue un simple capricho de su autor o quizá una muestra más del espíritu de contradicción inglés. Sea por lo que fuere, lo cierto es que las agujas y los números del reloj del *British Bar* corren hacia la izquierda en lugar de hacerlo hacia la derecha como todos los demás. Mirándolo, se me pasan las horas sin apenas notarlo y sin darme cuenta a veces de que los camareros, desocupados normalmente en esas horas de la tarde, me están observando a mí. Porque, mirando el reloj loco de Lisboa, el tiempo se me va de entre las manos y el pensamiento, ese reloj sin dueño, me lleva siempre lejos de allí.

Normalmente, como las agujas del de la barra, en dirección opuesta a la habitual. En el *British Bar*, por ejemplo, recobré una vieja imagen que creía ya perdida y borrada para siempre de mi memoria infantil: la de mi madre y yo en la cocina de nuestra casa de Olleros, ella enseñándome a contar las horas y yo aprendiendo a verlas en un reloj, mientras mi padre leía el periódico o se quedaba dormido oyéndonos a los dos. Y, también, un día en que llovía con infinita *saudade* detrás de la ventana del café, la del reloj que había en la pared del fondo de la escuela junto a un retrato de Franco y una caja con un fraile de cartón cuyo brazo articulado debía indicar el tiempo guiado por el barómetro que la caja escondía en su interior, pero que siempre indicaba lluvia porque el barómetro llevaba estropeado muchos años, lo mismo que el reloj.

Hay un recuerdo de aquel tiempo, sin embargo, que siempre me devuelve, inevitablemente, el reloj del *British Bar*. Es el de aquella noche de domingo —una noche de domingo de verano, quizá de 1962— en que, por vez primera en mi vida, sentí pasar el tiempo dentro de mi corazón.

Aquella tarde, como muchas otras tardes de verano, yo había subido a la colina que había detrás del cine y desde la que se dominaba, aparte de la carretera y de los barracones y las casas que había a su alrededor, el interior de la pista de baile a la que los domingos por la tarde, cuando hacía buen tiempo, sobre todo en verano, las parejas de Olleros acudían a bailar. Era una pista antigua, rodeada de una tapia de ladrillo y de una hilera de árboles y presidida en un extremo por una humilde tarima desde la que Martiniano, que era el dueño de la pista y el alma de la orquesta titular, dirigía la marcha del negocio y del baile con las notas de su viejo saxofón. A los niños, lógicamente, no nos dejaban entrar, ni aun pagando las entradas que la mujer de Martiniano se encargaba de vender a la puerta del local; así que no teníamos otro remedio que subir a la colina para, desde allá arriba, observar con envidia a las parejas que bailaban en la pista o se sentaban bajo los árboles buscando la oscuridad, mientras esperábamos el día todavía muy lejano en que, cumplidos los dieciocho, también nosotros pudiéramos entrar.

Pero, en lo alto de la colina, quienes allí subíamos no lo pasábamos peor. La diversión consistía en escuchar a la orquesta y en espiar a las parejas para ver quién bailaba o se besaba con quién, y también, en ocasiones, cuando la noche caía y las bombillas de la pista se encendían a nuestros pies, en arrojarles piedras desde allá arriba que a veces iban a dar (ya no podría decir si voluntariamente o no) a la propia tarima de los músicos o alguna de las parejas que se besaban bajo los árboles con el consiguiente alboroto dentro y fuera de la pista. Normalmente, sin embargo, las tardes en la colina discurrían muy tranquilas y, cuando caía la noche, también nosotros acabábamos bailando al ritmo de la música que llegaba desde abajo, sabiamente conducida por la voz de Martiniano: *Se vive solamente una vez. / Hay que aprender a querer y a vivir. / Hay que saber que la vida se aleja y nos deja llorando quimeras...*

Aquella noche (recuerdo que era verano y que

la luna brillaba como una moneda blanca encima de las montañas) se encontraba también en la colina con nosotros la hija menor del guarda, un hombre solitario y hosco que, provisto de escopeta, se encargaba de vigilar las dependencias de la mina por las noches y que, por alguna razón que yo entonces ignoraba todavía (luego supe que otra hija se había fugado del pueblo en compañía de un portugués con sólo catorce años), no quería que su hija anduviera con nosotros, y menos que subiera a la colina los domingos a bailar. Aquel día, sin embargo, ella estaba en la colina, aprovechando quizá que el padre estaba de guardia, y en seguida comprendí que podía ser mi noche. En la pista, Martiniano entonaba con voz ronca una lenta melodía cuando la saqué a bailar. Ella (ni siquiera recuerdo ya su nombre, pero sí que era muy guapa y que llevaba un vestido azul) me sonrió complacida y, tras dudar un instante, asintió con un gesto y me cogió por los hombros como hacían allá abajo las parejas de verdad. No sé el tiempo que duró aquella canción; pero sí que, mientras bailaba, sus manos sobre mis hombros y su respiración rozándome y turbándome al girar, comencé a desear por vez primera en mi vida que el tiempo se detuviera, que la canción no acabara nunca, que Martiniano siguiera repitiendo una y mil veces, hasta perder la memoria, aquella extraña oración: *Reloj, detén tu camino / porque mi vida se apaga, / ella es la estrella que alumbra mi ser, / yo sin su amor no soy nada. / Detén el tiempo en tus manos, / haz esta noche perpetua / para que nunca se vaya de mí, / para que nunca amanezca...*

Pero acabó. La canción se acabó igual que acaban siempre las canciones (para mí, aquella antes, incluso, de lo que podía esperar) y, cuando me quise dar cuenta, ella ya se había ido y yo estaba otra vez solo, parado en lo alto de la colina como una sombra que hubiera olvidado andar.

Aquella noche, ya digo, fue la primera en mi vida en que sentí el paso del tiempo y la impotencia y la angustia de no poderlo parar. Desde entonces, lo he sentido muchas veces (cada vez, por ejemplo, que escucho una canción de aquellos años y siempre que me voy de una ciudad), pero nunca como aquella noche de verano en la que descubrí que el tiempo corría y que se aceleraba más justamente cuando uno lo quería detener. Por eso, seguramente, es por lo que la recuerdo siempre que vuelvo a Lisboa y me siento en una mesa ante el viejo reloj del *British Bar* y por eso la recuerdo ahora de nuevo al contemplar esta foto que, como el reloj de Lisboa, también corre hacia atrás: mi hermana y yo delante de la pista de Martiniano, un día de verano de 1962, junto al cartel que anunciaba el baile de los domingos y en el que hay pintada una pareja que, como yo hubiera querido aquella noche, continúa bailando desde entonces y seguirá haciéndolo siempre mientras exista esta fotografía que detuvo el reloj del tiempo bajo sus pies.

6. PUENTE SOBRE EL ABISMO

A veces pienso si mi obsesión por el tiempo no estará provocada por mi carácter errante, del mismo modo que mi pasión viajera ha hecho nacer en mí una particular mirada del paisaje.

Cuando uno viaja en coche por una carretera, no ve pasar en dirección contraria coches idénticos al suyo, sino manchas de colores tan hermosas y veloces como efímeras. Como tampoco ve, como vería si fuera caminando, casas y árboles estáticos, sino fugaces formas geométricas o abstractas que se pierden a ambos lados de su vista a la misma velocidad con la que él pasa. De ese modo, la mirada del viajero se transforma y el parabrisas de su coche se convierte en la pantalla de un cine móvil por la que el paisaje pasa como si fuera la cinta de una película.

Lo mismo ocurre, seguramente, cuando uno va viajando sin pararse por la vida. Las referencias se alejan como los árboles a los costados del coche que va corriendo por la autopista y, sin que nos demos cuenta, la velocidad del tiempo se acelera y aumenta de manera paralela a la de nuestra propia vida. Pero un día nos paramos, como el viajero que se detiene a contemplar el paisaje al borde de la autopista, y entonces nos damos cuenta del trayecto que hemos hecho y de las cosas que hemos perdido y nos invade de golpe todo ese vértigo que, mientras nosotros también corríamos, no habíamos advertido: el vértigo del tiempo y del paisaje, que huyen.

Tal vez por eso, los viajeros y los hombres errabundos (quiero decir: los que andamos por la vida sin destino) compartimos la misma afición a asomarnos a los puentes y a las fotografías. Tanto unos como otras nos alzan sobre el vacío —el del paisaje o el del tiempo, pero el vacío—; pero, a la vez, nos permiten soportar el fuerte vértigo que nos envuelve al mirarlo y atravesar los abismos que separan las orillas que ellos unen. Es lo que me ocurre ahora con esta fotografía que, rota por la mitad y unida con pegamento (aquel pobre pegamento que se solidificaba en invierno y había que deshacerlo calentándolo a la lumbre), me devuelve la memoria de una época y de un puente y funde, por eso mismo, en su propia condición los dos abismos: el de los muchos años que me separan de ella y el del puente al que me asomo, mirando hacia la cámara, junto con varios amigos.

Hay puentes, como fotografías, que parecen haber sido construidos, más que para salvar un río, para incitar a su contemplación al hombre que se asoma a sus estribos. Otros, en cambio, como los de las vías férreas o los enormes viaductos que sobrevuelan los ríos y las grandes autopistas, parecen, por el contrario, haber sido imaginados para llenarlo de vértigo o condenarlo al suicidio. Personalmente prefiero los primeros, esos puentes de piedra solitarios y antiguos, como los de los canales de Amsterdam o los de los peregrinos, que permiten al viajero apoyarse en sus pretiles y hundirse plácidamente en la profundidad del agua y, por reflejo de ésta, en la de su propio espíritu. Para alguien como yo, de ánimo errante y cansino y amante de la soledad más que de la compañía, nada hay más placentero que apoyarse sobre un puente y dejar pasar las horas viendo pasar la corriente. En la contemplación del agua que fluye bajo las sombras o en la del pescador que lanza su caña y va y viene por la orilla uno siente una emoción que, contra lo que normalmente ocurre, es tanto más intensa y duradera cuanta menos consciencia exige.

El puente de La Salera, aunque de piedra y humilde, no era, sin embargo, de estos últimos. Alzado al final de Olleros para permitirle al tren atravesar el reguero que bajaba del hayedo, se alzaba sobre un barranco excavado en plena roca por el agua y por los corrimientos de tierra que provocaban en la montaña los continuos hundimientos de la mina. Desde él, según contaban, despeñaban en la guerra a los mineros (aunque, según decían también, algunos ya estaban muertos antes de llegar abajo) y desde él se tiró una noche aquella vieja borracha que vivía todavía en un cubil, la única en todo el pueblo, y que se pasaba el día gritando y hablando sola o rondando por el pueblo como un perro vagabundo. Pero, cuando se tomó esta fotografía, yo ignoraba todavía lo que era la locura —y de la guerra sólo tenía una noción muy difusa— y el puente de La Salera era uno de mis sitios preferidos. A él iba muchas tardes para ver pasar el tren o para correr delante de él jugándome la vida (sin pretil al que subirse, y con el precipicio al lado, no había hasta su final escapatoria posible) y para fumar los cigarros que le robaba a mi padre o fabricaba yo mismo con el tabaco de sus colillas. Y a él íbamos también cuando pasaron los años y nos hicimos mayores todos los que aparecemos en esta fotografía para admirar a escondidas y en secreto las *pin-ups*, las postales de mujeres, actrices normalmente (recuerdo todavía la de Ann Margret, la de Esther Williams, la de Kim Novak, la de Ava

Gardner y, por encima de todas, la que a mí más me gustaba: la de una jovencísima Marilyn Monroe luciendo un pelo rubio como el centeno y un bañador tan rojo como sus labios), que nos traía Celino, un mendigo que pasaba cada poco por Olleros pidiendo de casa en casa y durmiendo en los portales, y que, al decir de la gente, pedía porque quería (según parece, Celino, que era de un pueblo cercano, era de buena familia), y para masturbarnos juntos al amparo de la bóveda del puente y bajo la turbación morbosa de aquellas fotografías.

Esa misma turbación, aunque de origen distinto, es la misma que ahora siento ante esta otra *postal* que el destino me devuelve para hacerme recordar aquellos días. En ella no hay actrices de miradas acuosas y cuerpos semidesnudos, sino cinco muchachos que me miran desde lo alto de un puente que a lo peor ya ni existe aunque en la fotografía siga anclado en el abismo. En el abismo siguen, ya para siempre inmóviles, los muchachos y el cielo y el tren que se alejaba echando humo hacia la mina. El abismo concentra las miradas de todos —las de quienes, desde fuera (el fotógrafo y yo), lo miramos y la de quienes lo contemplan desde arriba—; pero el abismo que ellos ven y el que yo veo ahora no es el mismo. El que ellos ven es el que salva el puente y el que en el puente encuentra justamente su sentido. El que yo veo ahora se abre entre ellos y yo y es tan profundo y oscuro que ni siquiera la mirada del fotógrafo que, sin saberlo, comenzó a abrirlo aquel día me sirve ya para poder cruzarlo sin que el vértigo del tiempo me llene de nostalgia y de melancolía.

7. EL FRÍO

Hay recuerdos, como fotografías, que, cuando los revelamos en la cubeta de la memoria —esa cubeta mágica y secreta que todos ocultamos en el cuarto de atrás de nuestras vidas—, aparecen movidos o velados parcialmente. Son los recuerdos que preceden al olvido. Vemos su imagen, queremos reproducir el tiempo al que pertenecen, o su lugar concreto, o lo que para nosotros supusieron en su día, pero, por alguna razón, por más que lo intentamos, no podemos conseguirlo. Por eso nos producen una gran melancolía.

Entre cada recuerdo —como entre cada fotografía—, quedan siempre unas zonas en sombra bajo las que se nos ocultan trozos de nuestra propia vida; trozos de vida a veces tan importantes, o tan significativos, como los que recordamos o como los que viviremos todavía. Son esos cortes en negro que sustituyen en las películas a los fotogramas rotos o quemados por las máquinas y que hacen que cada vez sea más complicado poder seguirlas. Al final, cuando se repiten mucho, terminan por hacer el relato incomprensible.

Recuerdo aún algunas películas, en aquel cine de Olleros, que, de tan viejas y tan cortadas, era imposible ya saber de qué trataban o cuáles eran sus títulos. Las enviaban en lotes junto con las más recientes o las vendían de saldo a los cines de pueblo para que las explotaran mientras pudieran o las utilizaran para empalmar las nuevas cuando éstas, con el uso, se rompían. La mayoría eran de la época muda. Algunas de ellas recuerdo haberlas visto varias veces cuando, por circunstancias (la nieve, normalmente, en el invierno, o un retraso imprevisto en el envío), la película anunciada no llegaba y tenían que sustituirla, sin conseguir enterarme de nada y, en bastantes ocasiones, sin saber si faltaban más metros de cinta de los que nos ofrecían. Pero a mí eso, entonces, no me importaba. Ni siquiera me importaba que, como más de una vez pasó, el señor Mundo se confundiese (cosa lógica teniendo en cuenta el estado de las películas) y nos las proyectase con el orden de los rollos confundido. Habituado como estaba a inventar las de los mayores mirando las carteleras de la vitrina, incluso me gustaba no poderlas entender porque ello me permitía inventar una distinta cada vez aunque la que proyectaran fuera la misma. Pero ahora no es igual. Ahora es mi propia película la que estoy viendo, iluminada por mi memoria y animada por las voces que se quedaron grabadas en estas fotografías, y los cortes en negro que descubro entre ellas me desazonan tanto como la dificultad que siento para darle movimiento a algunas de las que existen. Es lo que me pasó antes con la del puente, que de repente se convirtió ella misma en un abismo, y es lo que me pasa ahora con esta otra en la que aparezco solo, caminando por la carretera con el rostro cubierto por un pasamontañas y las manos hundidas en los bolsos del abrigo.

La miro y no me recuerda nada, absolutamente nada salvo el frío. Aquel frío feroz, afilado y terrible, a veces blanco de nieve y otras negro por el polvo de la mina, que se adueñaba de Olleros cuando llegaba el invierno y que se respira aún, como un aliento lejano, en esta fotografía. Seguramente me la hicieron un domingo. Lo digo por los zapatos, que están muy limpios pese a la nieve y el barro que se ven en las cunetas, y por ese abrigo azul —negro en la fotografía— que me hizo la modista de Cistierna, una mujer contrahecha, o tullida, o paralítica (ya no lo recuerdo bien, pero sé que algo tenía), y que posiblemente estrené ese día. O, si no, ¿por qué esta foto que, por no recordar ya nada, ni siquiera me recuerda su motivo?

A lo mejor no lo tuvo nunca. Hay fotos, como recuerdos, que nacen fortuitamente, sin justificación alguna, y que por eso, precisamente, nos acompañan toda la vida. Son como esos perros perdidos que no persiguen a todas partes porque un día les dimos de comer y de los que no conseguimos desembarazarnos porque no conocemos ni su nombre ni su origen. El nombre de ésta es el frío; pero su origen lo desconozco igual que también ignoro de dónde llega la luz que se filtra entre la nieve y la ilumina. Es una luz irreal, planetaria, casi pura, como la de las postales viejas o la de los cuadros de Hopper, que invade toda la foto y la llena de dulzura. Es la luz azul del frío, aquella luz sideral que se adueñaba de Olleros cuando llegaba el invierno y se extendía sobre la nieve como una segunda capa cuando helaba por las noches o cuando, tras las montañas, salía la luna. Todavía me da frío. Al revés que la anterior, que me hablaba de un verano lleno de sol y nostalgia, o que la de mi familia en la cocina (en la que aún puedo sentir el rescoldo amoratado de la estufa), ésta me trae el recuerdo de aquellos días de invierno de mis once y doce años, cuando, para ir a Sabero, que era donde ya estudiaba, pues había comenzado el bachiller, me levantaba temprano y, por esa carretera, andaba los tres kilómetros que tenía desde Olleros, muchas veces con la nieve a la cintura.

Aún me veo como en una pesadilla: caminando de lado para buscar el lado amable del viento y siguiendo muchas veces las huellas de los mineros o las de mis compañeros que habían pasado antes, el camino se me hacía interminable y, pese al pasamontañas y los guantes, las orejas se me llenaban de sabañones y las manos se me hinchaban con el frío. Por eso, a veces, lo hacía corriendo, sin importarme el frío del viento ni los copos que me daban en la cara y se me colaban entre la ropa como si fueran cuchillas, o, cuando nevaba mucho, me levantaba antes —antes del amanecer— y esperaba el autobús que recogía a los hombres que trabajaban en la oficina. Evitaba así bajar andando, pero, a cambio, tenía luego que esperar más de una hora dando vueltas por la nave de la antigua fundición, que ahora era una catedral vacía, o en la panadería que había instalada en uno de sus hornos primitivos. Cuando el colegio abría sus puertas, y, sobre todo, cuando llegaba a casa de nuevo (en diciembre y en enero, ya de noche), el frío me había calado tan hondamente que ni la estufa podía quitármelo por más que a esa hora estuviera siempre con el hierro de la chapa al rojo vivo.

Uno de aquellos días, recuerdo, fue cuando murió Celino. Lo encontró el cura de Olleros en el portal de la iglesia, que era uno de sus sitios preferidos, envuelto entre varias mantas y completamente rígido. Al parecer, había muerto de frío. Celino estuvo un día en el hospital (el pequeño hospitalillo de la mina), donde le hicieron la autopsia y donde yo lo vi por última vez a través de una ventana que daba a la carretera y de donde lo sacaron para enterrarlo, seguramente con las postales de las actrices que Celino tanto amaba escondidas todavía en los bolsos del abrigo. Celino era un tipo duro. Tenía *el baile de San Vito*, enfermedad que le condenaba a mover el cuerpo constantemente, y la cabeza torcida, pero nunca se arredró ante los inviernos ni le tuvo ningún miedo a los caminos. Ese valor, que yo tanto admiré en él por más que me diera miedo encontrarlo a solas, sobre todo por la noche, es el que yo recordaba cuando bajaba a Sabero para animarme a mí mismo y es el que intento imitar en esta fotografía: el abrigo calado, la mirada fija, el pasamontañas puesto y esa manera de andar y de mirar a la cámara como si, a pesar de mi corta edad, ni la eternidad ni el frío me asustaran lo más mínimo. Pero es inútil. Por más que la foto mienta y yo continúe fingiendo un valor que no tenía, el frío de aquellos años quedó tan impreso en ella como la música en la del baile o el sonido de la lluvia en la del cine. No importa que la película esté ya rota ni que los cortes en negro la arrastren hacia el olvido. Basta una fotografía, un fotograma perdido, para que la memoria se ponga en marcha y me llene el corazón —esa pantalla vacía— de imágenes congeladas y de recuerdos que son como perros perdidos.

8. EXTRAÑOS EN LA NOCHE

—Aquí, Radio Intercontinental, Madrid. Son las nueve de la noche.

La señal se repite de manera invariable a cada hora e, invariablemente también, mi padre deja la lectura del periódico o lo que se encuentre haciendo en ese instante para mirar el reloj que cuelga justo al lado de la radio; un reloj de cadena con la esfera de plata y los números en dígitos romanos que su padre, al parecer, cuando volvió de la guerra, había traído de África. Luego, mira a mi madre, que va y viene por la cocina preparando la cena o fregando los platos, escruta un instante la oscuridad de la noche a través de la ventana (sobre todo, si hace frío o si alguno de nosotros aún no ha regresado a casa) y, después, se refugia de nuevo detrás del periódico o se queda en silencio escuchando las noticias de la radio. Y, así, a cada hora hasta que la propia radio le indica el momento justo de ir a la cama:

—Son las doce de la noche. Noticias en Radio Nacional de España.

El murmullo de la radio acompaña, pues, como una banda sonora, el recuerdo de las noches de mi infancia. Una banda sonora cuajada de interferencias y de sonidos lejanos (*Aquí Radio Intercontinental, Madrid... Ici Radio France, Paris... Aquí Radio León, emisora decana de la... Aquí Radio Andorra, emisora del Principado de Andorra...*) que todavía retumban en mi memoria como si aún siguieran sonando.

Yo la escuchaba mientras cenaba o, mientras me dormía, desde la cama e imaginaba cómo serían los países y las ciudades desde los que llegaban aquellas voces que cada noche venían a acompañarnos. Pensaba que aquellas voces no eran reales, o por lo menos no como la mía, pues siempre decían lo mismo y sonaban casi iguales, pero a mí eso, entonces, no me importaba. Lo que me importaba a mí era saber cómo sería Madrid, o París, o el Vaticano, cuya emisora mi padre conectaba algunas noches para escuchar al Papa, y, sobre todo, aquel extraño país que se llamaba *el Principado de Andorra* y que yo imaginaba tan irreal como la voz de su locutora porque, aparte de sonar a país de cuento, ni siquiera venía en el mapa. Y en esos pensamientos iban pasando las noches, todas iguales y repetidas, todas igual de monótonas que las voces de la radio.

Una noche, sin embargo, una noticia vino a romper la rutina de la radio y de mi casa. Recuerdo aún que estábamos cenando. De repente, la música se interrumpió y una voz grave anunció escuetamente, tras la correspondiente señal de alarma, que el presidente de los Estados Unidos había sido asesinado. Mi padre enmudeció, mi madre regresó de la cocina secándose las manos con un trapo y todos los demás, sin saber bien por qué, nos quedamos callados. En la radio volvió a sonar la música y mi padre, tras mirar un instante a mi madre, se levantó de su asiento y empezó a buscar otra emisora que estuviera dando noticias de lo que había pasado. En seguida la encontró. Era una emisora extraña. Decía, entre continuas interferencias, que hacía sólo unos minutos, en la ciudad de Dallas, alguien había disparado contra el presidente Kennedy mientras éste desfilaba por las calles en un coche descubierto, matándolo en el acto. Luego añadió algo más sobre que su esposa había salido ilesa del atentado y sobre el desconcierto que se vivía en aquel momento y, tras prometer nuevas noticias, la voz volvió a callarse. Y, a continuación, empezó a sonar una dulzona balada:

—*Strangers in the night...!*

Ya no recuerdo más. Solamente que mi padre siguió buscando en la radio y que, en cuanto terminamos de cenar, nos mandaron a todos a la cama. Yo no sabía lo que pasaba. Sabía que era algo grave por el tono de voz de los locutores y por la seriedad y el miedo de mis padres, pero no comprendía qué tenía que ver el presidente de los Estados Unidos con ellos ni por qué les preocupaba tanto (casi tanto como la muerte del abuelo, que había sucedido meses antes) lo que acabara de pasar en un país que, como el Principado de Andorra, imaginaba que tampoco vendría siquiera en el mapa. Por eso, aquella noche tardé en dormirme intentando comprender lo que pasaba —y tratando de escuchar lo que, entre tanto, seguía diciendo la radio— y, por eso, cuando me dormí, soñé con el atentado, aunque en mi sueño pasara, en lugar de en Dallas, que no había visto nunca, ni siquiera en el cine (y lo que no había visto en el cine no podía imaginarlo), en las propias calles de Olleros y fuera yo el que le disparara al presidente Kennedy desde la ventana de la habitación en la que estaba soñando.

Al día siguiente, en la escuela, descubrí con sorpresa que nadie sabía nada: ni quién era Kennedy, ni en qué país gobernaba, ni lo que le había pasado. Y, sobre todo, lo más sorprendente, que a nadie le importaba nada. Así que, una vez más, dejé de hacer preguntas y me dediqué a imaginar por mi cuenta cómo sería aquel hombre cuya muerte había roto la rutina de la radio y de mi casa, pero que, curiosamente, a nadie más le importaba.

No sé cómo lo imaginé. Si le llegué a poner algún rostro (seguramente el de algún actor cuya película hubiese visto aquellos días o el de algún jugador de fútbol al que entonces admirase), aquél se desvaneció bajo las numerosas fotografías que del presidente Kennedy he ido viendo con los años. Con los años también conocí su vida y las circunstancias en que lo mataron y, sobre todo, y especialmente, la razón por la que su muerte llenó de miedo a mi padres. Lo único que recuerdo es que nunca dije nada (seguramente porque creía que su nombre era un nombre prohibido, como los de los hombres del monte de los que mi padre nos hablaba algunas veces advirtiéndonos que no se lo dijéramos a nadie) y que su nombre quedó impreso en mi memoria, y unido para siempre al de la radio, porque fue gracias a él como yo supe que aquellas voces que hasta aquel día creía irreales porque siempre decían lo mismo y sonaban casi igual eran voces de personas que existían realmente, aunque yo no pudiera verlas, igual que también lo eran los países de que hablaban, aunque algunos, como Andorra, ni siquiera figuraran en el mapa. Es decir: que, mientras yo vivía en Olleros rodeado de minas y de montañas, había gente que vivía, trabajaba y moría, como nosotros, en otros muchos lugares.

Aquel descubrimiento, el más importante sin duda de aquellos años junto con el del amor y el de que el tiempo pasaba, que descubrí al mismo tiempo una noche en la colina del baile de Martiniano, marcó ya toda mi infancia. De repente, los mapas de la escuela, que hasta entonces yo creía simples láminas, como las portadas de los cuadernos o las de los calendarios, empezaron a cobrar vida y el mundo, que creía circunscrito únicamente a lo que se veía desde mi casa: los pabellones del pueblo, la mina, las escombreras, el funicular de las vagonetas y el horizonte de las montañas, se convirtió en una esfera llena de voces y de ciudades. La radio siguió sonando con su acento y su rutina de costumbre —y estropeándose cada poco, como la máquina de escribir, ante la contrariedad de mi padre, que tenía que llamar a Valentín, un minero aficionado a la mecánica, o llevarlas a León para que se las arreglaran—, pero yo ya no la oía igual que antes. Sabía que detrás de ella había un mundo inabarcable y, sobre todo, y especialmente, que estaba lleno de gente que vivía ajena a nuestra existencia igual que yo había vivido ajeno por completo a las de ellos durante todos aquellos años.

Un día —ya no recuerdo cuándo—, llegó la televisión y la radio pasó a un segundo plano. Seguía en el mismo sitio, en la repisa de la pared, entre la foto del Papa y el calendario, pero ya sólo se oía a la hora de comer y en esas horas muertas de la tarde en las que mi madre solía planchar y la casa se llenaba de aquel olor a humedad y a ropa recién planchada que tenía la virtud de ponerme siempre triste. Por las noches, era la televisión la que sonaba en la casa y la que se oía al pasar por las ventanas abiertas de todas las demás casas. Pero, a pesar de ello, cuando recuerdo aquel tiempo, como ahora ante esta foto de mis padres, no oigo la televisión, que ni siquiera aparece en ella, sino la radio. Aquella vieja radio que mi abuelo, al parecer, cuando volvió de la guerra, había traído de África y que preside esta foto en la que mis padres siguen sentados mirando a la eternidad como si para ellos el tiempo se hubiese detenido para siempre en ese instante. Todavía, si la miro fijamente, como mis padres a mí, puedo volver a escucharla.

9. LA NOCHE AMERICANA

Cuando llegué a Estados Unidos por vez primera (tenía ya treinta años), yo no le dije a nadie que ya había estado allí otras veces y bastantes años antes. Me limité a mirar los diferentes lugares que me enseñaban, reconociendo en cada ciudad cada esquina y cada calle —y, en cada estado que atravesábamos, cada rincón del paisaje—, pero, ya digo, yo no le dije a nadie que ya había estado allí otras veces y bastantes años antes. De haberlo hecho, seguramente me hubieran tomado por loco o por un farsante.

Pero el asunto no tenía en realidad nada de extraño. Como tampoco lo tenía el hecho, para ellos misterioso, de que supiese algunas veces los nombres de montañas y de ríos que mis propios acompañantes, nacidos en el país o afincados en él desde hacía años, ignoraban. Desde que tenía memoria, y sin haber salido nunca de Olleros —ni, por supuesto, de España—, yo había recorrido aquel país camino por camino y palmo a palmo.

Había empezado a hacerlo en el *Minero*, en aquellas butacas destartaladas que acababan convertidas muchas tardes, a la luz crepuscular de la pantalla, en los bamboleantes asientos de una carreta o de una diligencia que cruzaba, acechada por mil peligros, las polvorientas praderas del Oeste americano, y había seguido haciéndolo al hilo de los relatos de aquellas viejas novelas arrugadas y sobadas por mil manos que compraba en el quiosco de *Chamusca* y que cambiaba por otras, después de haberlas leído, por otras aún más sobadas. Novelas que devoraba en las largas tardes muertas y amarillas del verano o, a la luz de una linterna, en el invierno, cuando me iba a la cama.

El proceso era el mismo en los dos casos. Cuando, en la oscuridad del cine, se encendía el proyector o, en la de mi habitación, la linterna se abría paso entre las sábanas, otra luz diferente se encendía ante mis ojos y me transportaba lejos del lugar en el que estaba. A partir de ese instante, y hasta que me despertaba, yo cabalgaba con el protagonista, dormía a su lado bajo una manta o me subía en el coche en el que viajaba, compartiendo con él sus aventuras y afrontando a su lado los múltiples peligros que le acechaban. Y, cuando de repente la luz del cine se encendía porque la película ya se había acabado o la de la linterna languidecía porque el sueño me vencía o porque la novela o la pila ya se habían agotado, a veces yo seguía cabalgando o viajando en solitario sin darme cuenta siquiera de que los protagonistas de aquéllas ya me habían abandonado. De esa forma, película a película y novela tras novela, recorrí Estados Unidos y dormí al menos una noche en cada una de sus ciudades. Lo que explica que, cuando al fin tuve ocasión de visitarlas, pudiese andar por ellas con los ojos cerrados.

Recuerdo, por ejemplo, cuando llegué a Chicago. Anochecía en la ciudad cuando el avión comenzó a sobrevolarla proyectando su sombra sobre las autopistas como si fuera un gran pájaro, pero ya desde ese instante me di cuenta de que era exactamente como yo la había soñado. Allí estaba, a mi derecha, el lago Michigan, inescrutable y brumoso como en las viejas películas de Hathaway o

John Ford. Allí estaba el dulce campo de Illinois, atravesado de carreteras y salpicado de granjas lo mismo que en las novelas y en los *thrillers* policíacos. Y allí estaba, junto al lago, reflejando en sus orillas las impresionantes sombras de sus rascacielos, la ciudad de Al Capone y del viento, resplandeciente como una lámina bajo la pesada panza del avión. A la mañana siguiente, me bastó con asomarme a la Sears Tower y con acercarme a conocer el Loop (el distrito en que Al Capone tenía establecidos sus dominios durante los años de la *ley seca* que conmovieron a la ciudad) para corroborar sobre el terreno lo que la tarde anterior ya había intuido viéndola desde el avión: que Chicago era igual a como yo la había soñado o incluso menos real. Y lo mismo, exactamente, me ocurrió con Nueva York: a la hora de llegar a la ciudad, yo ya sabía que no hallaría nada en ella que pudiera realmente llegarme a sorprender. Sobre todo, después de que el taxista que me llevó del aeropuerto hasta Manhattan —un negro portorriqueño que usaba sombrero indio y hablaba un extraño inglés— se detuviera ante un edificio cuyo letrero luminoso yo había visto tantas veces en Olleros e, incluso, coloreado en la cartelera que le pedí al señor Mundo y que durante mucho tiempo colgó de mi habitación: *Hotel Barbizon.*

Aquella noche, recuerdo, cuando después de cenar y de tomar una copa en *La Sartén de Hojalata* —el local en el que Miller solía acabar sus noches—, volví al hotel, tardé mucho en dormirme. Tumbado sobre la cama, con los destellos de la ciudad al otro lado de la ventana y el del letrero luminoso del hotel parpadeando tras los visillos y reflejándose a través de ellos en la pared de mi habitación, el recuerdo de otras noches muy lejanas apareció ante mis ojos con ese halo de irrealidad que los paisajes sólo tienen en el cine y en las fotografías que uno ya había olvidado y que se vuelve a encontrar al cabo de muchos años.

La irrealidad se la daba la extraña luz que entraba por la ventana: una luz gris, como de luna llena o de cristal trucado por el filtro de una *noche americana* (esa noche artificial que inventó el cine para ayudarle a soñar despierto al corazón de la cámara), que me trasportaba lejos del lugar en el que estaba. Era como cuando, en el cine, yo miraba en aquel tiempo las imágenes: no las veía, las inventaba, que es una forma de recordar lo que nunca se ha vivido ni soñado. Del mismo modo, pero al contrario, aquella noche, en el hotel de Nueva York, yo no veía lo que miraba, ni escuchaba lo que oía, sino lo que recordaba. Seguía tumbado en la cama, pero, a mi alrededor, todo había ido cambiando: la puerta se había abierto dejándome entrever detrás de ella, no el pasillo del hotel, sino la tibia luz de la cocina de mi casa; la cama ya no era de madera, sino de hierro y más alta; el teléfono había desaparecido; el espejo no estaba y la televisión, que había dejado encendida, como siempre que duermo en un hotel, para ahuyentar la soledad y los fantasmas, emitía ahora, en vez de la película que había estado viendo hasta ese instante, la que yo estaba soñando. Una película en blanco y negro, pero azulada por la luz de aquella extraña noche americana. Una película muda que iba hacia atrás y hacia adelante, como una cinta de vídeo, de cuando en cuando, y que se rebobinaba a sí misma, cada vez a más velocidad, cuando se terminaba: la película de un niño que se dormía todas las noches mirando el mismo letrero que ahora brillaba tras la ventana.

No sé cuándo me dormí, ni el tiempo que así estuve, con la televisión encendida y vestido, tumbado sobre la cama. Sólo sé que oía una radio y algunas voces lejanas y que, cuando desperté, tardé un rato en comprender que las pisadas que oía no eran las de mis padres ni las de los mineros que al regresar de la mina pasaban junto a mi casa, sino las de la gente del hotel, que ya había comenzado a levantarse. Confusión de los sentidos que algunas noches me invade y que ahora he vuelto a sentir mirando esta vieja foto en la que mis padres y mis hermanos posamos juntos —quizá por única vez—, un día de Navidad, en la cocina de nuestra casa, con el fondo de la radio y de un calendario nuevo en el que aún puede verse la fecha del día en que fue tomada: 1 de enero de 1963. Las voces que oía no eran las nuestras, sino las que aún sigo oyendo y que llegan en sordina de la calle. La radio que escuchaba tampoco era la de la foto, sino la de algún vecino o la de un bar cercano. Y el calor, que yo creía era el que desprendía la vieja estufa de hierro junto a la que yo estoy sentado, no es más que el de la bombilla del flexo que me ilumina, mientras escribo, desde hace rato. Sólo la luz, esta luz gris, misteriosa pero suave (como de luna llena o de cristal trucado por el filtro de una *noche americana*), que me deslumbra y me ciega, no viene de ningún lado. Está en la fotografía en la que quedó apresada, igual que quedó apresada la de la noche de Nueva York en la retina del niño que se dormía todas las noches mirando la cartelera que colgaba justo enfrente de su cama. Está en mi propia memoria y es la luz de los recuerdos y la de las fotografías que uno ya había olvidado y que se vuelve a encontrar al cabo de muchos años.

10. MÚSICA ÁRABE

La música de esa foto (y la de todas las fotos de aquellos años) tardé aún algún tiempo en recobrarla. Como la fotografía, dormía el sueño del tiempo en lo más hondo de mi memoria, pero no empezó a sonar hasta tres años más tarde, también de noche y en un hotel, aunque a muchos kilómetros de distancia.

Fue en Bagdad, la vieja ciudad del Tigris y Scherezade, a donde yo había llegado para conocer de cerca el legendario país de las mil y una noches y de las mil y una guerras, la última de las cuales —la sangrienta y larga guerra contra Irán— hacía sólo tres meses que había acabado. Desde la terraza de mi habitación en el hotel Al'Mansur, en la última planta, podía ver las baterías antiaéreas emplazadas junto al río y los carros de combate que patrullaban las calles vigilando día y noche un alto el fuego que, dadas las circunstancias (el odio de los dirigentes, los intereses internacionales y los millares de prisioneros tomados por ambas partes), todos sabían muy frágil. Aquella noche, la primera de mi estancia en la ciudad, la pasé prácticamente entera asomado a la terraza, viendo el cielo de Bagdad (un cielo lleno de estrellas y limpio como un estanque) y escuchando a lo lejos el canto del muecín que, desde los altavoces de las mezquitas, llamaba cada poco a la oración y exhortaba a los centinelas a permanecer despiertos y vigilantes. Era una salmodia triste, monótona, interminable, que atravesaba la noche y que, durante algunos minutos, acallaba los ladridos de los perros y el rumor de la ciudad que respiraba allá abajo como un animal dormido y, aparentemente al menos, confiado. Y que, misteriosamente, a mí me llevaba lejos de aquel cielo y de aquel río que ahora estaba contemplando.

Los primeros árabes que yo había visto en mi vida habían llegado a Olleros, a trabajar en la mina, hacia mediados de los sesenta, coincidiendo con el auge de las minas y con la primera oleada de inmigrantes extranjeros que se produjo en aquellos años. Eran pocos, no más de quince o veinte, aunque entre ellos los había, a juzgar por su apariencia, de todos los orígenes y edades, desde los veinte años de los más jóvenes hasta los cincuenta y tantos del que mandaba el grupo y que parecía hacer las veces de capataz y de padre. Llegaron poco después que los portugueses y antes que los caboverdianos y se metieron todos juntos en el mismo pabellón, el de enfrente de mi casa, como si tuvieran miedo de separarse. Eran hombres silenciosos y distantes que apenas hablaban con los vecinos y que sólo salían de casa para ir a la mina o al economato. Se decía que lo hacían por ahorrar, puesto que, según parece, los árabes enviaban todo su sueldo a sus países de origen, en los que habían dejado a sus familias y a los que pensaban volver en cuanto hubiesen reunido el dinero necesario.

Los vecinos de Olleros, por su parte, los recibieron al principio con desconfianza, unos por su extraño aspecto (muchos de ellos vestían todavía, incluso para ir a la mina, sus ropas tradicionales, aunque para entrar en ella tuvieran obviamente que quitárselas) y otros porque recordaban a los moros que en la guerra habían llegado con Franco y habían sembrado el miedo allí por donde pasaban. Pero pronto la gente se dio cuenta de que eran hombres pacíficos, aunque vivieran al margen, y que lo único que querían era tener un trabajo, y empezó a acercarse a ellos un poco por curiosidad y otro poco por la pena que siempre inspiran los extranjeros, sobre todo los que vienen de muy lejos, a la gente que nunca ha abandonado sus lugares. Fuera por ello o fuera porque los árabes se empezaron a dar cuenta de que su estancia en Olleros iba a acabar prolongándose más de lo que ellos pensaban (al fin y al cabo, trabajando en la mina ganaban en un mes lo que en sus países hubieran tardado un año, y eso contando con que tuvieran trabajo), algunos empezaron a traer a sus familias y a ocupar sus propias casas. Fue el caso de la de Aziz, el marroquí que quedó enterrado vivo, atrapado por un desprendimiento de carbón, en el pozo de Sotillos, y al que tardaron en sacar casi tres días (aunque murió a las pocas horas del rescate, seguramente de la emoción de saberse con vida todavía), o de la de Mustafá, el primer niño moro que llegó a Olleros y del que yo me hice íntimo amigo —después de pegarme con él, eso sí, el primer día que fue a la escuela— y junto al que estoy sentado en esta foto que es la única que guardo de las que cada año, al empezar el curso, nos hacía a todos los alumnos, junto con su maestro, el fotógrafo del pueblo.

No sé cuántos llegó a haber, ni si alguno acabó quedándose, como los portugueses que se casaron con mujeres de la zona (la mayoría de ellos por el método del rapto, esto es, de fugarse con la chica a Portugal para volver ya casados al cabo de poco tiempo) o como el propio *Tarzán*, el funambulista belga, comedor de lagartos y amante del juego que llegó un día a Olleros con un circo ambulante y que se quedó allí para siempre, trabajando, cuando no estaba borracho, que era lo más habitual, como deshollinador de las chimeneas. Hacia finales de los sesenta, que es cuando empezó a ocurrir eso, yo ya había ido a estudiar fuera y poco tiempo después mi familia se fue también de Olleros. Pero recuerdo perfectamente a los que entonces había (no más de los quince o veinte) porque ellos fueron, entre otras cosas, los que les pusieron música a mis recuerdos de aquella época.

Entonces no me di cuenta. Yo los veía, en el invierno, al volver de la mina, pasar por la carretera con sus ropas y sus botas de minero, pero con sus chilabas árabes cubriéndoles la cabeza, y me parecían fantasmas caminando en fila india por la nieve. Y, en el verano, cuando, al volver a casa de noche, pasaba junto al pabellón en el que se hacinaban la mayoría de ellos, los veía asomados a las ventanas, fumando y mirando el cielo, y los imaginaba recordando con nostalgia sus países del mismo modo en que recordaría yo una noche el mío mirando el cielo de Irak desde la habitación de un hotel rodeado de radares y cañones antiaéreos. Pero nunca, ni siquiera en verano, cuando, frente a la televisión, las noches se prolongaban porque al día siguiente no había escuela y los sonidos del pueblo se colaban en las casas por las ventanas abiertas, reparé en aquella música que salía de las suyas y que envolvía como una nube poco a poco todo el pueblo. Una música triste, monótona e interminable que la radio les traía de muy lejos y que la altura de las montañas que rodeaban a Olleros sembraba de interferencias. Una música triste, monótona e interminable, como la del muecín de Bagdad aquella noche de invierno, que cubría poco a poco mis sueños de sol y arena y que todavía sigue sonando —al cabo de tantos años— en esta fotografía y en mis recuerdos de aquella época.

11. EL MUNDO EN LA BARBILLA

Los carteles del cine y de la pista de baile no eran los únicos que, desde las paredes y los árboles de Olleros, reclamaban cada poco la atención de los vecinos. De vez en cuando, también, recalaba en el pueblo algún circo ambulante e, incluso, alguna *troupe* de titiriteros de carácter familiar y reparto muy menguado (recuerdo una, en concreto, en la que el hombre que vendía las entradas a la puerta hacía luego tres papeles en la obra: de león, de demonio y de fraile, e incluso dirigía el sorteo de una rifa, disfrazado todavía de león, en el descanso) que, durante dos o tres días, instalaban sus carpas y furgones en la plaza y llenaban las calles del pueblo de carteles de propaganda.

Solía ocurrir, sobre todo, en torno al 15 de cada mes, que en Olleros se llamaba *el día del pago* porque era cuando la empresa pagaba el sueldo a sus empleados. Ese día, que la gente esperaba todo el mes (alguno, incluso, con ansiedad, pues la correcta administración doméstica no era virtud que abundara), Olleros amanecía convulsionado. Los mineros tiraban cohetes y explosionaban cargas de dinamita, las mujeres llenaban las tiendas (unas para comprar y otras para saldar las deudas acumuladas) y, a partir del mediodía, cuando los niños salíamos de la escuela y los mineros del primer turno volvían del trabajo, la jornada se convertía en festiva, así fuera domingo o laborable. Durante toda la tarde, y hasta altas horas de la noche o de la madrugada —dependiendo del tiempo y de los casos—, la gente llenaba los bares, paseaba por la carretera y acudía a visitar los múltiples tenderetes que, desde el día anterior, se habían ido instalando alrededor de la plaza. Había tómbolas, tiovivos, puestos de tiro y de fuerza, charlatanes, fotógrafos, churreros, vendedores y orquestinas ambulantes y, también, de cuando en cuando, alguna gran atracción que se anunciaba a bombo y platillo desde varios días antes. Recuerdo ahora, por ejemplo, al *Gran Carpanta,* un hombre calvo y velludo que devoraba monedas y trozos de tubería y que podía, según decía (aunque no llegara a hacerlo porque no hubo nadie entre el público que se atreviese a arriesgarla) corroer una moto con la saliva y comerla poco a poco; a *La Mujer Forzuda,* que se autoproclamaba la más fuerte del mundo y era capaz, en efecto, de aguantar sobre su cuerpo el peso de nueve hombres y de arrastrar con los dientes varios metros un camión; a los hermanos Pita, que caminaban sobre una cuerda atada a una chimenea y al castillete del pozo, a muchos metros del suelo y alumbrados desde abajo por un foco; y, sobre todo, y por encima de todos ellos y aun del propio *Fumanchú,* el chino que dibujaba contra una tabla el cuerpo de su mujer lanzándole cuchillos desde lejos mientras ella echaba fuego por la boca, al hombre que los carteles pintaban sosteniendo la bola del mundo con la barbilla y que, aparte de alzar con ella un gran poste de la luz, hizo lo propio conmigo y me sostuvo en el aire sentado sobre una silla como inequívocamente muestra y me recuerda esta foto: *Barbachey, el Hombre-Foca.*

Era un hombre fuerte y rubio, que actuaba ante el público desnudo de cintura para arriba y tenía las patillas unidas al bigote. Viajaba en una furgoneta en compañía de una mujer que le hacía de ayudante y se encargaba también de recoger las monedas al final del espectáculo. Aquélla fue para mí una noche inolvidable. Después de levantar con la barbilla el poste de la luz y de sostenerlo así durante un rato, *Barbachey* se secó el sudor, hizo un pequeño descanso y, luego, dirigiéndose al público, pidió con su extraño acento (*Barbachey* era francés, igual que la mujer que lo acompañaba) la ayuda de un voluntario. Fuimos varios los que nos ofrecimos; pero él me eligió a mí, quizá porque era el más alto. *Barbachey* me dio la mano —una mano áspera y dura, recuerdo, como la raíz de un árbol— y me mandó sentarme en la silla que, para ejecutar el número, su ayudante ya tenía preparada. La gente guardó silencio, la mujer se echó hacia un lado y *Barbachey*, tras probar un instante sus fuerzas, se santiguó, miró al cielo, abrió las piernas en ángulo y, ante el asombro de todos, alzó la silla de golpe y la posó con cuidado sobre la punta de su barbilla sosteniéndola tan sólo, y a mí con ella, por una de sus patas; y a continuación empezó a dar vueltas sobre sí mismo manteniendo el equilibrio con ayuda de los brazos. No sé el tiempo que así estuve, sin atreverme a bullir ni a respirar siquiera —y mucho menos a mirar abajo—, pero sí que, cuando al fin me bajó, ya no oía los aplausos y los gritos de la gente ni la voz de *Barbachey* felicitándome. Me había quedado arriba, suspendido en el aire, flotando, con el tiempo detenido entre mis manos como el mundo en su barbilla en los carteles de propaganda. Fue la noche más grandiosa de mi vida y es el recuerdo más vivo que guardo de aquellos años.

Pero la vida da muchas vueltas. La vida gira y gira igual que lo hacía el mundo en la barbilla de *Barbachey* mientras yo estaba en el aire y, en alguna de sus vueltas, a veces nos sorprende, como las fotografías antiguas, arrojándonos de golpe los despojos del pasado. Hace tiempo, en un pueblo de Soria, encontré una furgoneta abandonada. Le faltaban las ruedas y estaba ya oxidada por completo, y cubierta en buena parte por las zarzas, pero, a pesar de ello, aún pude distinguir las letras rojas que, entre el óxido y el polvo, seguían anunciando: *Barbachey, el Hombre-Foca. Compañía de Espectáculos*. Un vecino del pueblo me contó que llevaba allí olvidada varios años. Los mismos, exactamente, que hacía que habían hallado al dueño, suspendido del cuello por una soga y colgado de la encina que había al lado. Al parecer, *Barbachey,* que desde hacía ya algún tiempo vagaba por los pueblos de Castilla repitiendo en solitario su espectáculo (la mujer que lo acompañaba debía de haberse muerto o lo habría abandonado), había perdido fuerzas con el paso de los años y un día, seguramente, no debió de poder soportar más el peso del mundo sobre su vieja barbilla y decidió suicidarse. Estaba enterrado allí, en el pequeño cementerio de aquel pueblo, en el rincón de ortigas reservado a los suicidas y a los muertos en pecado.

Ni siquiera quise acercarme. Me fui sin decirle adiós y sin ver la tumba en la que había sido enterrado. Ni siquiera me volví, cuando me perdí a lo lejos, para mirar por última vez el lugar en que quedaba. Solamente, antes de irme, me acerqué a la furgoneta y, sin que nadie me viera, cogí aquel roto cartel que todavía seguía pegado a ella como una foto al pasado, pero del que el sol y el agua habían ya borrado hasta la imagen, y me lo llevé conmigo como recuerdo del hombre que me enseñó sin saberlo que soportar el paso del tiempo a veces es más difícil que sostener el mundo con la barbilla, aunque el mundo sea tan duro como el que, en aquellos años, sostenían con las suyas *Barbachey, el Hombre-Foca* y los mineros de Olleros que, desde esta fotografía, nos siguen mirando a ambos.

12. PULMONES DE PIEDRA

La primera noticia que tuve de la mina fue la respiración de Luis, el vecino de arriba de mi casa. Ni siquiera recuerdo ya su cara.

La respiración de Luis era la de un buey cansado. Monocorde y profunda, llegaba día y noche a través de la escalera (aunque a ratos, por el día, los sonidos domésticos la ahogaran) como si, en lugar de un hombre, hubiese un nido de abejas en el piso más alto de la casa. La respiración de Luis era como una gotera: estaba siempre presente y era imposible olvidarla.

Desde mi primer recuerdo, la respiración de Luis sonaba ya en la escalera y a través de las paredes de su casa. Luis y su familia vivían arriba, justo encima de la mía, en la tercera y última planta (salvo excepciones, que yo recuerde, todos los pabellones tenían tres plantas), y nunca salía de casa. Al menos, yo nunca lo vi en la calle. Se pasaba los días sentado a la ventana, sin hablar, sin leer, sin escuchar la radio, sin nada; únicamente mirando. La mujer, que estaba loca y cantaba todo el día (quizá no estuviera loca y si cantaba lo hacía para no tener que oír aquel jadeo angustioso), era la que se encargaba de la casa y de los hijos y de los dos familiares que también vivían con ellos: un cuñado, que era el único que trabajaba, y un tío que estaba tonto (al parecer, en la guerra, le habían pegado un tiro mal dado) y se pasaba los días mirando las chicas de los calendarios.

Yo era amigo de los hijos y subía muchas veces a su casa. Jugábamos al parchís o a escondernos por las habitaciones (juegos en los que a veces participaba también la madre) ante la indiferencia del padre, que no dejaba un instante de mirar por la ventana. Ni siquiera nuestros gritos parecían molestarlo. Permanecía absorto durante horas, ajeno a nuestra presencia, como si estuviese dormido o a miles de kilómetros de distancia. Ni siquiera se volvía cuando le decían algo. Se limitaba a asentir o a responder con un gesto —o, como mucho, con monosílabos—, sin dejar de mirar por la ventana. Sólo, de cuando en cuando, abandonaba aquella actitud para toser largamente o para escupir en la palangana que tenía siempre al lado unos esputos tan negros, y tan desesperanzados, que parecían salirle, más que del pecho, del alma. Y, así, todo el día hasta que se iba a la cama.

Luis se murió muy pronto (tendría yo siete años) y su familia se fue de Olleros hacia algún lugar del sur del que eran originarios. Nunca se supo más de ellos. La casa quedó vacía hasta que una nueva familia llegó a ocuparla y al poco tiempo no quedaba ya en ella ningún rastro de su paso. Ni siquiera su recuerdo duró más de un par de años: era el tiempo que en Olleros, donde casi todos éramos forasteros, el recuerdo de la gente duraba como máximo. Pero su respiración, aquel jadeo angustioso, como el respirar de un buey, que nunca se detenía y que nunca parecía apaciguarse, siguió sonando durante años en el rellano de la escalera y en la ventana de la cocina desde la que él miraba la calle hasta que los nuevos ruidos y el paso de otros vecinos acabaron por borrarla.

Como Luis, había muchos hombres en Olleros

aquellos primeros años. Mineros todavía jóvenes (algunos no llegarían a la edad que yo ahora tengo) que arrastraban su tristeza y su ahogo por las calles y que parecían ya viejos a los cuarenta años. La mayoría de ellos habían entrado en la mina siendo niños todavía y a los treinta o treinta y cinco ya se habían jubilado. Pero, aun así, ya era tarde. Cuando los retiraban, incluso antes: cuando los enviaban al exterior para desempeñar en la bocamina labores secundarias, tenían ya los pulmones llenos de polvo y la muerte grabada en la mirada. A partir de ese día, su único trabajo consistía en esperarla.

Los de la fotografía están sin duda esperándola. Se nota en su gravedad y en su forma de mirar hacia la cámara: como si nada ya les interesara. Están sentados al sol, mirando a la carretera, a la puerta del bar de *La Amistad* —curioso nombre para este cuadro—, y yo, simplemente, debía de pasar por delante (se nota en que ni siquiera miro a la cámara). Pero es igual. El fotógrafo me unió a ellos en aquel preciso instante y, mientras la fotografía exista, ya siempre estaremos juntos, ellos mirando al vacío y yo alejándome.

Basta mirarlos para saber que ya están condenados. Se les nota en la mirada y en la palidez del rostro —esa palidez intensa, como de cartón antiguo, que les recorre la cara—, y en la tensión de las venas y de los pechos hinchados. Es el polvo, que les seca los pulmones, la silicosis que avanza como una marea de piedra y que acabará asfixiándolos. Quizá por eso, dos de ellos están fumando. La mayoría lo hacían, pese a tenerlo prohibido, seguramente porque les daba ya igual que los matara el polvo o el tabaco. Durante años, de hecho, yo creí que era el tabaco el que los hacía toser y respirar de aquel modo y pensaba que algún día yo estaría, como Luis, sentado ante una ventana, mirando a la eternidad, con la silla apoyada en la pared y la palangana al lado.

Los de la foto no tienen la palangana al lado, pero sí la eternidad en sus miradas. Están vivos y respiran (si los miro fijamente, aún puedo oír sus pulmones), pero miran a la cámara como si estuvieran ya en un tiempo diferente al de la imagen. Seguramente lo estaban. Seguramente hacía años que para ellos el tiempo ya no era una película en la que los días se sucedían uno tras otro como en el cine los fotogramas, sino una pantalla en blanco, una pantalla infinita en la que ya no había nada. Seguramente, también, era ésa la pantalla que Luis veía tras su ventana y la que lo mantenía absorto durante horas del mismo modo en que, en el cine, al acabar la película, hay personas que se quedan mirando a la pantalla sin darse cuenta siquiera de que aquélla ha terminado. Obviamente, no están viendo la pantalla, sino el recuerdo de la película, que todavía siguen rumiando. Del mismo modo, los de la foto están mirando a la cámara, pero lo que sus ojos reflejan son sus recuerdos, no lo que tienen delante.

Son recuerdos de cocinas muy humildes, de padres que ya no existen, de provincias y de pueblos muy lejanos. Recuerdos de escuelas pobres, de adolescencias fugaces, de maletas, de caminos, de muchachas, de autobuses y de trenes renqueantes en los que llegaron a Olleros cuando todavía eran jóvenes y recuerdos, sobre todo, de esa mina que, junto con su juventud, quemó también sus pulmones y los convirtió en ancianos. El del gorro, por ejemplo, que es al único que recuerdo (los otros tres debieron de morir antes), tenía cuando murió apenas cuarenta años. Se llamaba Germán y vivía en los cuarteles de La Herrera, alrededor de los cuales estaba siempre, en los últimos tiempos ya siempre sentado. Cuando le hicieron la autopsia (Germán se murió en la calle y lo encontró la mujer cuando salió de noche a buscarlo), tenía los pulmones como piedras de tan duros y compactos como estaban. Al menos, eso contaban al día siguiente, a la puerta del bar de *La Amistad*, sus amigos de tertulia mientras esperaban su turno mirando a la eternidad, que estaba más allá de las montañas, y fumando.

Eso debió de ser hacia 1966 y yo, como en la foto, pasaba simplemente por delante. Tengo la sensación, ahora que pienso en ello, de que eso fue lo único que hice durante todos aquellos años.

13. LA MEMORIA ENTERRADA

No fue por desinterés, ni fue mi culpa siquiera. Si, durante los doce años que viví en Olleros, de los que sólo recuerdo ya la mitad, y cada vez más borrosamente, yo no llegué a comprender del todo lo que ocurría a mi alrededor y no compartí, por tanto, la vida de aquella gente más que de modo circunstancial, no fue por desinterés, ni por insensibilidad, sino por desconocimiento. Aunque durante doce años viví encima de la mina y respiré el mismo polvo y el mismo miedo que los mineros, me fui de allí sin saber lo que era aquélla. Hasta muchos años después no vi una mina por dentro.

Fue en 1986 y, paradójicamente, a miles de kilómetros de Olleros: en Gällivore, en Laponia, una pequeña ciudad minera perdida entre los hielos de la tundra sueca. Era una mina de hierro, la segunda del mundo, creo. Nos bajaron hasta el fondo en autobús y, mientras descendíamos, el minero que nos hacía de guía y que nada tenía que ver por el aspecto con los que yo recordaba de Olleros nos fue explicando su funcionamiento. La propia mina tampoco tenía nada que ver con la de Olleros. No sólo el autobús sustituía en ella a aquella jaula de hierro en la que en la de Olleros los mineros descendían cada día hasta el fondo de la tierra, sino que máquinas gigantescas, dirigidas cada una por una sola persona, sustituían también a éstos. Cada una de ellas desarrollaba el trabajo que antes hacían treinta o cuarenta mineros. Por el día, abrían en la roca docenas de agujeros y, por la noche, mientras los hombres dormían, la dinamita hacía el resto. Recuerdo que, al despedirme, el guía me preguntó si en España todavía se mataban los mineros. Me quedé sorprendido, sin saber qué responder; pero él se apresuró a explicarme el porqué de su pregunta. Al parecer, el último minero que había muerto en Suecia se había matado en aquella mina en 1963. Justo cuando en Olleros la *Chivata* pasaba a destiempo una o dos veces al mes cuando menos.

Poco tiempo después, y ya de nuevo en España, volví a entrar en una mina. Una mina pequeña, en El Bierzo, en León, no lejos de la de Olleros. Yo había llegado allí para hacer un reportaje sobre la gran cantidad de accidentes mortales que se estaban produciendo aquel otoño en las cuencas asturiana y leonesa. Solamente en aquel último mes habían sido más de diez los accidentes. Los más trágicos de todos, por sus particulares circunstancias, el que le costó la vida cerca de Puente Almuhey a un joven universitario que se pagaba los estudios trabajando los veranos en la mina, y que se mató precisamente el día en que se iba, y el que se cobró en El Bierzo las de otros cuatro mineros, atrapados por un hundimiento en un antiguo chamizo que había sido cerrado hacía ya varios años a causa de otro accidente y en el que trabajaban, por tanto, ilegalmente. Fue en ésta en la que yo entré, pese a la oposición del dueño, un tipo gordo con cara de alcohólico que se puso a gritar y a insultarme como si yo hubiese sido el culpable del accidente. Esperé a que se fuera (se lo llevó la mujer entre los insultos de los vecinos y de los compañeros de aquéllos) y, acompañado por dos de éstos, entré en la mina para ver el lugar en que habían muerto.

Las minas deben de tener memoria. O, mejor: la memoria es una mina oculta en nuestro cerebro. Una mina profunda, insondable y oscura, llena de sombras y galerías, que se va abriendo ante nuestros ojos a medida que avanzamos dentro de ella; una mina tan profunda como los hundimientos de nuestros sueños. Así, a medida que yo avanzaba en aquélla, en mi memoria se iba encendiendo una luz (una luz roja, difusa, como las de las linternas y los focos de mis dos acompañantes) que alumbraba cada vez con más intensidad la propia mina de mis recuerdos. De algunos de ellos ni siquiera tenía ya conocimiento. Aparecían de pronto —y desaparecían de igual manera: fundiéndose otra vez en negro— como las sombras que las linternas proyectaban cada poco en torno nuestro. Entre esas sombras fugaces, y entre una fila de vagonetas, encontré la mía propia junto con las de Balboa y Miguel avanzando por la mina de la Cruz aquella tarde lejana en la que, por primera vez, nos adentramos varios metros hacia el fondo prohibido de la tierra.

Fue Miguel el que entró primero. Al menos, creo recordar que fue él quien abrió la puerta: un tablero de madera sujeto con un candado que debía de llevar allí puesto tantos años como la mina llevaría muerta. Y aquella mina, abandonada al pie de la cruz que la empresa había erigido en lo más alto de la montaña en recuerdo de unas Misiones que habían tenido lugar años antes en Olleros, era la más antigua del pueblo. De todos modos, es un recuerdo tan vago que ni siquiera sé ya si aquella tarde existió realmente (hay veces en que los sueños, a fuerza de repetirse, nos poseen con tal fuerza que terminan convirtiéndose en recuerdos). Quizá por eso, aquel día, en aquel chamizo del Bierzo, yo no sabía muy bien si lo que las linternas iluminaban era un recuerdo o un sueño tan repetido que, al evocarlo en el tiempo, me parecía un recuerdo. Yo estaba allí, junto con Balboa y Miguel, todavía con la luz de la boca de la mina a nuestra espalda, pero con la oscuridad enfrente, sin saber si seguir andando o quedarnos allí quietos. Teníamos tanto miedo que, al poco tiempo de entrar, ya estábamos deseando volver a salir de nuevo. Pero ninguno se atrevió a hacerlo. Ninguno de los tres quería ser el primero. Aunque nos daba miedo seguir allí, aún nos daba mucho más separarnos de los otros y, aún más que eso, tener que asumir después las consecuencias de nuestro miedo: la cobardía, en aquellos años, se pagaba entre nosotros con el rechazo del resto. Por supuesto, no llevábamos linterna, tan sólo unas cerillas que para lo único que nos servían era para quemarnos los dedos (y gracias que sólo eso: el grisú, que, en aquel sitio, después de tantos años cerrado, debía de invadir todas las rampas, todos los huecos y galerías, pudo haber hecho explosión y abrasarnos allí dentro), a pesar de lo cual avanzamos todavía varios metros. Hasta las vagonetas. A partir de ellas, la mina se bifurcaba y se precipitaba de golpe hacia la oscuridad sin fin con un silencio tan hondo que parecía llevar allí desde el principio mismo del tiempo; un silencio tan profundo que hasta de nuestras respiraciones sacaba eco. Y el eco era, precisamente, lo que nos daba más miedo.

El eco de aquella tarde (si es que existió realmente) era el que yo estaba viendo cuando los dos mineros comenzaron a bajar por una rampa tan inclinada y angosta que apenas podían andar derechos. Al final de ella, dijeron, era donde se había producido el accidente. Yo los seguí por ella, agachándome para no darme en el techo y tratando de vencer la claustrofobia que me producía aquel sitio, hasta que la galería se estrechó tanto que tuvimos que tumbarnos. Fue en ese instante cuando me asaltó el recuerdo. De repente, yo me volví a mirar y ya no pude ver nada, ni siquiera el resplandor de las linternas, y sentí que el corazón se me desbocaba y que la boca se me secaba como aquel día en la de la Cruz cuando me volví a mirar y ya no vi tras de mí el redondel gris del cielo. Al principio, recuerdo aún, pensé que alguien habría cerrado la puerta. Me acordé del día en que Pedro, el tonto de la Canal, cruzando una tubería, juego en el que nos acompañaba, se quedó atrapado dentro (tuvieron que romperla con un pico para poder sacarlo de allí y tardaron varias horas en hacerlo) y sentí que un sudor frío me bañaba todo el cuerpo. El redondel de la bocamina, que hasta entonces yo creía a nuestra espalda, había desaparecido como el ojo de una cámara cuando se cierra por fuera y ahora estábamos en medio de la nada, sepultados como Pedro en el fondo de la tierra. Por otra parte, las cerillas ya se habían acabado y Balboa y Miguel también habían desaparecido, aunque sus respiraciones siguieran sonando cerca. Sonaban aceleradas, como la mía, amplificadas en el vacío por la reverberación del miedo. Seguramente estaban tan asustados como yo en aquel momento. Sobre todo Balboa, cuyo padre se había matado en la mina hacía sólo algunos meses y, según nos dijo luego, durante todo ese tiempo temió que se le apareciera.

No sé cuánto tardamos en salir, ni cómo lo conseguimos, ni en qué momento encontramos el ojo de aquella cámara que sólo apuntaba al cielo, pero que hundía su negativo en el fondo de la boca del infierno. Sólo sé que, al descubrirlo (el viento, que era muy fuerte y era el que había cerrado la puerta, la volvió a entreabrir de nuevo), empezamos a correr y salimos de la mina como de una pesadilla que sigue viva incluso después del sueño. Abajo, frente a nosotros, la fotografía de Olleros, la misma que ahora estoy viendo, sólo que en sentido inverso: en primer plano está el pueblo, entre cuyas casas poso para el fotógrafo junto con mis tres hermanos el día en que bautizaron a la pequeña, y al fondo la bocamina, colgada de la montaña como un nido de murciélagos, nos pareció seguramente aquel día —que guardamos, por supuesto, muchos años en secreto— el paisaje más bello de la tierra.

14. VIAJE A LA LUNA

En 1963, llegó la televisión a Olleros. La primera llegó al bar de Martiniano y supuso todo un acontecimiento. Al menos, el día en que la estrenó estaba allí todo el pueblo. Ni siquiera el día del pago había visto a tanta gente.

Hacía ya varios meses que se venía rumoreando. En Sabero ya había dos —en el chalet de los ingenieros y en el Casino— y en Cistierna tres o cuatro. Los que la habían visto decían que era mejor que el cine, entre otras cosas porque se podía tener en casa. José Luis, el de La Herrera, que había ido hasta Cistierna con su padre para verla, decía que era una radio, pero en la que se veía a los que hablaban.

A mí aquello me dejó asombrado. Aunque José Luis insistía en ello y ponía a su padre de testigo, que era tanto como poner a Dios, pues no íbamos a ir a preguntárselo, yo no alcanzaba a entender cómo podía ser que se viera a alguien que estaba tan lejos (lo de poder escucharlos, aunque tampoco lo comprendía, ya lo tenía asumido) y miraba la mía esperando que una noche se produjese el milagro. Pero el milagro no se produjo. La radio seguía sonando con su acento y su rutina de costumbre y, por más que la miraba, no veía a los que hablaban, pese a que más de una vez, y a fuerza de desearlo, llegué a imaginar sus caras. Por eso, el día en que Martiniano trajo la televisión, yo fui de los primeros en ir a verla, y la vi, aunque fuera solamente a través de la ventana.

Llegó en el coche de línea un sábado por la tarde. Martiniano había ido a comprarla hasta León y la traía embalada en una caja tan grande que, entre el cobrador y él apenas podían bajarla. Yo en seguida me ofrecí para ayudarlo. Solía hacerlo algunas veces, a cambio de la propina, con los dueños de las tiendas que traían los paquetes en el coche (no sólo yo; también muchos otros chicos, lo que provocaba a veces peleas y discusiones entre los aspirantes), pero aquel día estaba dispuesto a ayudar a Martiniano gratis. Con tal de llevar la televisión, hubiese incluso pagado. Pero Martiniano rechazó mi ayuda diciéndome que aquella caja era muy delicada y me tuve que conformar con seguirlo junto con toda la gente que también había ido a esperarlo.

Fue, recuerdo, como una procesión. Desde la parada del coche hasta su bar, que estaba a sólo cien metros, Martiniano iba por la carretera abrazado a la televisión, rodeado de una nube de chiquillos que no dejábamos un instante de mirar aquella caja. Venían también detrás algunos hombres mayores, viajeros que llegaban en el coche o que estaban esperando en la parada y amigos de Martiniano que a esa hora se encontraban en el bar y que, al ver llegar el coche de línea, habían salido a esperarlo. Pero ni siquiera a ellos les dejó tocar la caja. Ni a ellos, ni a la mujer. Martiniano estaba tan nervioso con su compra que no quería dejársela tocar a nadie.

Ya en el bar, al que a los chicos no nos dejaron entrar, por lo que hubimos de resignarnos a verlo todo por la ventana, Martiniano dejó la caja en el suelo y, después de contemplarla unos instantes, se quitó la chaqueta y, con ayuda de unas tijeras, empezó a desembalarla. No lo olvidaré jamás. Arracimado ante la ventana junto con todos los demás chicos, e incluso algunas mujeres, que también querían mirar (lo que provocó empujones y algún que otro altercado), vi cómo Martiniano desembalaba la caja y, tras quitar un montón de plásticos, sacaba al fin la televisión y la posaba sobre una mesa con más cuidado que si hubiese sido un niño. Un niño, al menos, no habría tenido aquel recibimiento, y menos en Olleros, donde éramos legión.

Al día siguiente, domingo, Martiniano estrenó la televisión. La noticia había corrido por el pueblo y, ya desde por la mañana, el bar se llenó de gente que iba a ver aquel invento del que todos hablaban con entusiasmo, pero que muy pocos habían visto antes. Yo apenas comí ese día. Estaba tan nervioso que ni siquiera fui al cine, como todos los domingos por la tarde, pese a que la televisión no empezaba hasta las siete y la película del cine acababa una hora antes. A las cinco, yo ya estaba en el bar de Martiniano (excepcionalmente, aquel día dejaron entrar a todos, incluidos los chavales) y esperaba impaciente, sentado en primera fila, el momento en que la televisión se pusiera en marcha.

Una hora antes de la anunciada, en el bar ya no cabía un alfiler. Martiniano había arrinconado las mesas en una esquina y, con las sillas del bar y las que algunos vecinos habían traído de casa, había convertido aquél en una especie de cine en el que nos apretábamos más de doscientas personas sentadas de dos en dos y arracimadas como cerezas por todas partes. Había gente por el suelo, encima de las mesas, en los bordillos de las ventanas y al otro lado del mostrador. Los que se habían quedado afuera, entre tanto (casi el doble de los que habíamos logrado entrar), se agolpaban ante aquéllas y discutían con los de dentro, sobre todo los que estaban subidos a las mesas, para que se agacharan y les dejaran ver. El barullo era tan grande que, cuando llegó la hora, Martiniano se vio obligado a saltar sobre la gente para poder llegar hasta la televisión.

Fue en ese instante cuando el fotógrafo nos inmortalizó. Supongo que fuera entonces, pues Martiniano está subido en una silla y los demás tan pendientes de él que ni siquiera nos damos cuenta —salvo un niño, a mi derecha, que lo mira— de que el fotógrafo está en una esquina y nos fotografía en el mismo instante en el que aquél se dispone a conectar la televisión. Y así, mientras yo esperaba ver aparecer en ésta las caras de los hombres cuyas voces oía por las noches en la radio de mi casa, no supe que eran las nuestras las que se quedaban grabadas para siempre en esta foto que, como la televisión de Martiniano, todavía fue hecha en blanco y negro pese a que en el cine el mundo ya giraba por entonces muchas tardes en color. Lo que la foto no recogió, pero sí mi memoria y la de todos los que esperaban, como yo, ver la televisión, es que, tras una larga y paciente espera, y pese a los desesperados intentos de Martiniano por hacerla funcionar, lo único que conseguimos ver en ella fue una especie de aguanieve igual que la que caía tras la ventana ante la que se agolpaba impertérrita toda la gente que no había conseguido entrar al bar. Al parecer, Martiniano había olvidado poner la antena, pero eso no lo supo hasta otro día, cuando vino a comprobar lo que pasaba un técnico de León.

Varios años después, en el 69, aquella escena se repitió, aunque ahora ya en mi casa y sin el fotógrafo de Olleros de testigo (hacía mucho tiempo ya que la llegada de una televisión al pueblo se había hecho tan normal como la de los niños). Pese a ello, el día en que mi padre la compró, tras muchas dilaciones y demoras que a mis hermanos y a mí nos llegaron a hacer temer que no iba a decidirse nunca, estaban en nuestra casa para estrenarla todos nuestros vecinos. En realidad, no iban a ver la televisión, que ya había en muchos sitios, e incluso algunos de ellos tenían, sino a los americanos, que esa noche llegaban a la Luna. La llegada estaba prevista para las dos de la madrugada, pero desde las once la cocina de mi casa se llenó de gente que quería verlo en primera fila. Sólo faltó Celerina. La vieja se fue a la cama después de ver las noticias, riéndose de nosotros por creer que era verdad lo que, según ella, era sólo una película; una película, dijo, recuerdo, que los americanos nos pondrían para hacernos creer que eran más listos que los rusos. Yo no llegué a comprobarlo. Me quedé dormido esperando y, cuando desperté, la programación ya se había acabado y la mayoría de la gente se había ido, a pesar de lo cual la televisión seguía encendida. Los que quedaban seguían mirándola como si en la pantalla aún vieran la Luna. Yo lo único que vi antes de despertarme del todo fue el rostro de Celerina que seguía riéndose de nosotros mientras el aguanieve de la pantalla la iba cubriendo y el mundo se convertía en una fotografía: la misma foto que ahora estoy viendo y en la que Martiniano sigue intentando alcanzar la Luna.

15. LA VIDA EN BLANCO Y NEGRO

Los hombres cruzan la plaza con los cascos y la ropa de la mina; algunos vienen fumando y traen la cara negra por el carbón: son los que viven cerca o los que prefieren ducharse en casa para no tener que hacerlo en las duchas colectivas de la mina. Las mujeres los miran mientras se acercan, interrumpiendo sus conversaciones o el camino que llevaban o traían; miran por curiosidad, pero también por ver si, entre ellos, vienen sus hijos o sus maridos (es casi ya una costumbre). A su lado, un perro negro contempla también la escena y, en el centro, varios niños juegan a tirarse bolas usando de parapetos los tendales de la ropa y el monigote de nieve que preside la fotografía; un monigote de nieve tocado con una lámpara y un cinturón de minero que seguramente han hecho ellos mismos. Uno de ellos, el del jersey a rayas, soy yo. Hace frío (el viento barre la plaza e inclina los tendederos) y, aunque ya casi no nieva, el aire está tan helado que nuestras respiraciones parecen humo. Al fondo, tras los tejados, el castillete del pozo se alza sobre las casas como un negro y gigantesco crucifijo. La imagen, sin pretenderlo, es el mejor retrato de Olleros: un sitio en el que la vida transcurría solamente en blanco y negro.

Es la última, de hecho, que conservo en blanco y negro; la última foto mía en la que, como en mis recuerdos de aquella época, la realidad no tiene color. Cierto que los recuerdos, como las fotografías, van perdiendo poco a poco los colores con el tiempo (la memoria es una cámara que difumina el color), pero es que ésta, además, pertenece todavía al tiempo en el que mi vida se rodaba solamente en blanco y negro, que eran los dos colores de Olleros: el blanco de los tendales y de la nieve y el negro del carbón. El del carbón, que era el más persistente, estaba siempre en el aire, se respiraba, mientras que el de la nieve llegaba sólo con el invierno y desaparecía en la primavera, justo al revés que el de los tendederos, que aparecía sólo cuando había sol (cuando llovía, en cambio, el agua los confundía y el paisaje se volvía tan extraño como un cristal empañado o como la televisión de Martiniano el día en que la estrenó). En cualquier caso, siempre que recuerdo Olleros, lo mismo en ese que en otro tiempo, las imágenes se me aparecen en blanco y negro y me remiten inevitablemente a aquellas películas en las que los paisajes y los actores parecían sombras y que identifico siempre con el verdadero cine: el cine que aún no sabía, como nosotros, que el mundo tenía color.

Era imposible que lo supiéramos. Encerrados día y noche en aquel pozo en el que hasta las montañas estaban muertas y en el que los arroyos bajaban negros por el carbón, sólo la nieve y la ropa blanca rompían con su presencia la tristeza de un paisaje cuyo único signo de vida, aparte de nuestras voces, era el fuego interminable de la mina. Pero ni una ni otra duraban mucho. En cuanto aquélla se derretía, el carbón pudría la nieve convirtiéndola poco a poco en una masa negruzca y, por lo que respecta a la ropa, el viento de la escombrera, cuando soplaba con fuerza, la cubría de ceniza, obligando a las mujeres a quitarla de las cuerdas, a veces húmeda todavía. Del mismo modo, nuestras miradas estaban tan contagiadas por ese polvo, y tan acostumbradas al blanco y negro, que, cuando la primavera pintaba flores en los desmontes o cuando en el *Minero* ponían películas en color, nos costaba trabajo habituarnos a ello igual que a los mineros debía de costarles adaptarse de nuevo a la luz del día después de varias horas viviendo en la oscuridad. En el fondo, unos y otros éramos como aquellas mulas que arrastraban las vagonetas por las rampas de la mina antes de su mecanización y que tenían las cuadras también dentro del pozo porque ya eran incapaces de soportar la luz. Yo apenas las conocí. Me acuerdo sólo de una que se llamaba *Sevilla*, como el mulero que la bautizó, y que, como ya era tan vieja que no servía para la mina, se la prestaban a los mineros para que les ayudase a arar los huertos que la empresa les dejaba cultivar en sus terrenos, que eran la mayoría, manteniendo la empresa, eso sí, la propiedad. Recuerdo que le tapaban los ojos con una manta para que no se quedara ciega al salir al sol.

Como las mulas, también nosotros vivíamos en la penumbra, y no sólo los mineros, aunque yo no lo sabía todavía. Cuando uno ha conocido solamente el blanco y negro, como yo hasta que salí de Olleros, cree que todo el mundo es así y se acostumbra a verlo de esa manera igual que los hombres se acostumbraron a verse en el blanco y negro de las fotografías, primero, y del cine y la televisión después. Durante mucho tiempo, de hecho, yo creí que los colores sólo existían en mi imaginación. Por eso pintaba las carteleras —para escapar de la realidad— y por eso soñaba con ellas cuando, después de pintarlas, me quedaba dormido mirándolas, igual que ahora me quedo algunas noches frente a la televisión. Ahora, en cambio, al contrario que entonces, y por el mismo motivo, aunque por diferente razón, prefiero el blanco y negro de aquella época a las fotografías en color. Se parece más al pasado y, en el caso de Olleros, es el único capaz de recordar. Al menos, de recordar sin mentir. En Olleros, los únicos colores que existían fuera del cine —cuando el color llegó al cine— y, antes, de mi imaginación eran el blanco de los tendales y de la nieve y el negro omnipresente e irrespirable del carbón.

16. EL COLOR DEL MUNDO

Para detener lo fugaz, lo instantáneo, hay que fijar la vista en una cosa, mejor cuanto más efímera: una nube que cruza el horizonte, un perro que se aleja, un periódico llevado por el viento, y grabarla en la memoria para poder algún día rescatar a través de ella ese momento. Para detener lo fugaz, lo instantáneo, hay que saber que el azar —la muerte— es lo único que permanece.

En la lucha de los hombres contra el tiempo —esa lucha denodada e interminable que todos sostenemos sin éxito hasta la muerte— la fotografía se ha revelado más eficaz que la pintura o que la novela. Entrelazando el miedo y la maravilla, lo burdo y lo teatral, la fotografía, al revés que aquéllas, nace de lo cotidiano, de la humildad de la luz, de la anécdota, para hacer lo irreal real y lo fugitivo eterno. Tal vez por eso, las fotografías más verdaderas, las más auténticas, son aquellas que reflejan escenas sin importancia o momentos de la vida intrascendentes. Así lo supieron ver, hace ya muchos años, los primeros fotógrafos, como Cartier-Bresson, cualquiera de cuyas fotos de vagabundos refleja mejor su tiempo que todas las historias y novelas de la época, y así lo entendió también, aunque más modestamente, el autor de ésta; seguramente el mismo de todas las anteriores —exceptuando, claro está, la de la escuela—, pero del que, pese a ello, no guardo ningún recuerdo.

Es la primera foto en color que me hizo; la primera foto mía en la que el color está ya grabado en ella y no como en la de la escuela, que fue pintada por el fotógrafo, para darle más realismo, sobre la imagen en blanco y negro. Pese a ello, el color es tan extraño como en ésta. Desvaído por los bordes o mezclado, a veces tenue y otras demasiado intenso, difumina las formas y las figuras hasta acabar confundiéndolas. Así, los árboles son blancos como las nubes, el castillete del pozo azul, las casas rojas enteras, la montaña amarilla en vez de verde y el coche de línea malva como la carretera. Y, entre la carretera y las casas, doblando al pasar los árboles e inclinando las figuras de la gente que lo espera, la estela de éste es tan blanca que puede verse. Seguramente, así debe de ser el mundo en la imaginación de un ciego.

Fue tomada una mañana de setiembre. Lo sé porque ése fue el día en el que mi hermano se marchó de Olleros. Iba a estudiar a Madrid, a los frailes, junto con otros chicos del pueblo (los había reclutado meses antes del verano un fraile de barbas blancas que venía por los pueblos visitando las escuelas), y quizá por eso aquel día, además de las familias de los chicos que se iban, el fotógrafo estaba también allí para inmortalizar el momento. Al fin y al cabo, ese día todos lo habrían de recordar mucho tiempo.

Yo, sin embargo, apenas ya lo recuerdo. Con tan sólo ocho años y los ojos anegados por el sueño (como todos en mi casa, me había acostado tarde y me levanté temprano para poder ir con ellos), me volví a quedar dormido mientras esperaba el coche y lo único que recuerdo, aparte de las maletas y los adioses —y de las lágrimas de mi madre cuando se despidió de mi hermano, quien, por contra, parecía ir muy contento—, es el olor de la gasolina y el resplandor del coche de línea cuando se perdió a lo lejos. Un resplandor azulado, fugaz, veteado de violeta igual que el cielo. Curiosamente, el mismo color con que quedó en esta foto, aunque posiblemente nunca existiera.

Posiblemente ninguno existe, al menos como lo vemos. Los colores, al contrario que las formas, que permanecen siempre inmutables, salvo cuando las moldea el tiempo, se modifican y cambian al contacto con la luz y con los cambios de ánimo del ojo que los refleja. Por eso el cine, que es móvil y, por lo tanto, variable, no mantiene los colores, los reinventa (lo que hace que siempre sean verdaderos), y por eso las fotografías, que pretenden ser la luz y la mirada perpetuas, engañan siempre. Las fotografías, como los recuerdos, cuentan el mundo no como era, sino cómo fue una vez, y, por lo tanto, cómo podía haber sido de muchas otras maneras.

Se ve claramente en ésta. Que recuerde, ni los árboles de Olleros eran blancos, ni los pabellones rojos, ni la carretera malva, ni el cielo de color violeta. Al menos, no todo el tiempo. Y, sin embargo, así quedarán por siempre en mi recuerdo de aquel instante, posiblemente porque el recuerdo está impreso en mi memoria en blanco y negro, como todos los recuerdos, y es la fotografía la que le da el color igual que yo se lo daba a las carteleras del cine o el fotógrafo ambulante a las fotos de los niños de la escuela. Por eso lo veo ahora tan extraño, como si no fuera mío o como si fuera un sueño, y por eso los colores me parecen todos ahora tan diferentes. Todos, salvo el del coche de línea, que ése sí que lo recuerdo igual que era.

Duró sólo unos segundos, pero me quedó muy dentro. Después de las despedidas y los consejos, que ese día, por el destino y la edad de los que se iban, se prolongaron más que otras veces, el autobús reemprendió la marcha y empezó a subir la cuesta que bordeaba los pabellones y el muro de Colominas hasta que desapareció tras ellos. Hasta entonces, los que nos habíamos quedado en la carretera no dejamos de mirarlo, como si con la mirada pudiéramos retenerlo, y hasta que desapareció del todo no recobramos de nuevo las voces y el movimiento. Pero, en seguida, éstos regresaron, como si durante unos segundos nos hubiésemos quedado convertidos en estatuas y ahora volviéramos a vivir de nuevo, y la gente empezó a marcharse dejando otra vez vacía la carretera. Todavía era muy pronto para que los demás vecinos de Olleros hubieran comenzado también a vivir de nuevo.

Fue ya cerca de mi casa, al atravesar la plaza, que, como la carretera, estaba desierta, cuando volvimos a verlo. De repente, mi padre, que iba delante (quizá para no ver las lágrimas de mi madre, que caminaba a mi lado, como yo, en total silencio), se paró y miró a lo lejos. Aún estaba amaneciendo. Medio sol asomaba por la Cruz y la luna, que todavía seguía en el cielo, se deshacía rápidamente. Era ese instante fugaz en el que las distancias se difuminan y las luces se confunden entre ellas. Tras la mano de mi padre, en el monte de Sotillos, por el que la carretera se despedía del valle y penetraba en el mundo (un mundo que, desde abajo, a mí se me antojaba inmenso), un relámpago azul restallaba contra el cielo. Era el coche de la línea, el resplandor de sus ventanillas —y de los ojos de los viajeros— al ganar el horizonte y rebasar la frontera entre la noche y el día, que debía de estar allí, justo allí, en aquel momento. Duró sólo unos segundos —hasta que el autobús desapareció de nuevo (esta vez ya para siempre)—, pero se me grabó tan hondo que todavía hoy lo recuerdo. Quizá por eso, durante un tiempo, pensé que el mundo debía de ser azul como aquel relámpago o como las carteleras del cine cuando las destruye el tiempo (creencia que alimentaron las postales que mi hermano nos mandaba cada poco de Madrid: de su colegio, de la Cibeles, de la Gran Vía llena de gente, y que tenían todas, aparte del mismo brillo, los mismos colores falsos con que yo pintaba aquéllas), y quizá por eso, también, ese azul de foto vieja que yo contemplé una tarde desde la Cruz y que creí que era el mar de tan inmenso es el que iba buscando, más que ninguna otra cosa, la primera vez que salí de Olleros.

17. CARNE DE BALLENA

La primera vez que salí de Olleros fue para ver el mar: un día del mes de julio, a principios de un verano inolvidable (por ese día y por los que le sucedieron) que pasó, como todos, muy deprisa, pero que quedó grabado para siempre en esta foto que un fotógrafo de playa me sacó en la de Ribadesella, en Asturias, al borde del mar Cantábrico.

Fui en el coche de la empresa, una vieja *DKW* azul y negra que la gente de la zona llamaba la *Chivata* porque durante los muchos años que estuvo en funcionamiento fue su mejor alarma: utilizada exclusivamente para llevar a la mina a los ingenieros (los mineros iban a pie o en dos viejos autobuses que hacían a cada turno la recogida por todo el valle), su regreso antes de tiempo era la señal más clara de que algo inhabitual, normalmente un accidente, había ocurrido; lo que provocaba al punto el pánico entre la gente y la angustia de las mujeres que tenían a sus hijos o maridos trabajando y que corrían hacia la mina intentando averiguar qué había pasado.

Aquel día, sin embargo, no había pasado nada. Aquel día, simplemente, la *Chivata* había cambiado su rumbo y también sus pasajeros habituales y, por la carretera de Asturias, se dirigía hacia las montañas llevando en sus asientos a una veintena de niños, la mayoría de los cuales era la primera vez que salíamos de viaje. Recuerdo todavía la subida hacia el Pontón y la visión de la cordillera recortándose en el cielo como en una gran pantalla. Recuerdo el brillo del sol filtrándose entre los árboles y, al atravesar Asturias, el penetrante olor de los tilos y los laureles mojados. Pero lo que más recuerdo de aquel viaje, lo que me impresionó de él hasta el punto de que aún no lo he olvidado, fue la visión del mar —aquel resplandor azul— surgiendo de repente, después de varias horas de camino, en la distancia.

Muchas veces he vuelto a aquella playa (alguna vez, incluso, por el mismo camino de aquel día), pero jamás he vuelto a sentir la enorme conmoción que me causó aquella mañana. Era todo: la emoción del paisaje y del viaje, la resaca del sueño (para aprovechar el día, la *Chivata* había partido de la plaza de Sabero muy temprano), la nostalgia de un mar sólo visto en el cine, en aquellas viejas películas de piratas que protagonizaba Erroll Flynn y que concluían siempre en una gran batalla (batalla que a veces se propagaba hasta el gallinero, ante el enfado del señor Mundo, que interrumpía la proyección y bajaba con el cinto a poner orden en la sala), y, sobre todo, la posibilidad de conocer al fin el lugar donde vivían aquellos gigantescos animales cuya carne fuerte y roja me había salvado la vida, según mi madre, cuando tenía seis años: las ballenas.

Le había mandado dármela, para curarme una anemia, el médico de la empresa, un extraño y solitario personaje cuyo prestigio profesional —que, según supe más tarde, traspasaba con creces el ámbito de las minas y las fronteras del valle— ni siquiera habían logrado empañar (antes, por el contrario, pienso que lo acentuaban) su extraño y hosco carácter y su gran afición a la bebida; una afición que no sólo no ocultaba, sino que cultivaba con pasión, pese a que más de una vez hubiese obligado a alguno a meterle la cabeza bajo el grifo para que pudiera atender a un parto o a un minero accidentado. Todavía recuerdo con repugnancia aquella textura extraña: ni salada ni dulce, ni muy fuerte ni muy suave. O, mejor: demasiado fuerte para ser pescado y demasiado suave para ser carne. Mi madre la compraba cada lunes en Boñar (para lo que tenía que ir en el coche de línea de la mañana y regresar después en el de la tarde) y me la cocinaba luego para toda la semana. Y, durante todo ese tiempo, aquel olor a marino que yo tanto aborrecía llenaba toda la casa.

Aquel olor a marino, que ahora recuerdo de nuevo, merced a esta fotografía, al cabo de tantos años, me sorprendió de golpe aquel día en cuanto la *Chivata* entró en Ribadesella y, por entre palacetes y palmeras que a mí, recuerdo, me parecieron, en vez de árboles, extraños fuegos artificiales, se dirigió hacia la playa. Era una mañana limpia, plena de luz y gaviotas, y la playa estaba llena de bañistas que tomaban el sol tumbados sobre la arena o nadaban lentamente entre los barcos. Nosotros estuvimos mirándolos un rato y, luego, temerosos, bajamos junto a ellos dispuestos a imitarlos. Yo, recuerdo, no tenía bañador (seguramente, de entre nosotros, no debía de tenerlo casi nadie: para bañarnos en el reguero, junto a los lavaderos del pozo viejo, no lo necesitábamos) y sentí mucha vergüenza al tener que quedarme en calzoncillos para poder meterme en el agua. Pero no estaba dispuesto a volver a casa sin haberme bañado en el mar, después de tan largo viaje, y, sobre todo, sin conocer el lugar donde vivían aquellos monstruos que sólo había visto en el cine, en una vieja película de esquimales, pero que, según mi madre, me habían salvado la vida cuando tenía seis años.

No los vi, aunque sí creí sentir, recuerdo, su fuerte olor a salitre y a carne tierna de algas. Los busqué entre las olas sin encontrarlos, y sin oír a lo lejos sus gritos amenazantes, pero, al regreso, en el nocturno viaje de vuelta que yo hice entero durmiendo, tumbado entre dos asientos y enrollado en una manta (la misma con que tapaban, según me dijeron luego, a los mineros accidentados), vine soñando con ellos y con sus chorros de agua. Sueño que se prolongó durante los cuatro días que hube de pasar en cama delirando y temblando a causa de la pulmonía que me originó aquel viaje (la vergüenza que no me había impedido quedarme en calzoncillos al llegar para meterme en el agua, me había impedido, en cambio, quitármelos después para que se me secaran) y que me devuelve ahora esta fotografía en la que aún sigo en la playa, inmóvil entre unas olas que también están paradas, esperando a que el fotógrafo regrese y el tiempo que éste detuvo se vuelva a poner en marcha.

18. ESPERANDO A FRANCO

Aún hice, pese a ello, que recuerde, a las dos o tres semanas de aquel viaje, otro viaje en la *Chivata*. Fue más corto y más rápido que aquél —hasta el cruce de Sabero solamente—, pero igual de emocionante: además de volver a salir de Olleros, íbamos a ver al hombre cuya foto presidía los silencios de la escuela colgada al lado del crucifijo y cuya imagen severa llenaba todos los libros y todos los noticiarios cinematográficos: Franco. (Quizá por eso, aquella otra mañana, en el nevado patio del cuartel en el que dos mil soldados soportábamos impávidos el frío y la interminable arenga del coronel que acababa de anunciarnos entre lágrimas lo que todos ya sabíamos: su muerte de madrugada tras una larga agonía, yo recordé, en lugar de su historia o de sus últimas apariciones en público, la lejana mañana en que me llevaron a verlo a la carretera de Asturias.)

Como la de Ribadesella, recuerdo que también aquella vez me sacaron de la cama muy temprano. Era de noche aún cuando mi madre fue a despertarme y seguía siendo de noche —aunque ya empezaba a verse un halo de claridad hacia Peña Corada— cuando mi padre y yo salimos de casa, yo vestido de domingo y él con su traje de rayas (el único traje que le conocí y que le duró mil años), para ir a reunirnos con la gente que ya esperaba en la carretera la llegada de la *Chivata*: todos los chicos de Olleros, más los maestros y algunos hombres vestidos con la ropa de la mina o con los guardapolvos negros del economato (al parecer, aquel día no trabajaba nadie). Así que la *Chivata* tuvo que hacer varios viajes, y eso a pesar de que algunos decidieron ir andando para no tener que esperar su vuelta o por miedo a llegar tarde. Aunque nadie lo sabía con certeza, se decía que Franco pasaría por el cruce de Sabero alrededor de las once de la mañana.

Yo llegué allí mucho antes, hacia las nueve y media, en el segundo viaje de la *Chivata*, pero, al llegar, ya encontré mucha gente reunida alrededor de la carretera y del camino que entraba a los depósitos del carbón del lavadero de Vegamediana. Era gente de Sabero y de otros pueblos cercanos que había llegado andando y que portaba, como nosotros, pancartas de bienvenida y banderolas de España; unas pequeñas banderas hechas de trapo y papel que la empresa había repartido en las escuelas el día antes y que convertían la carretera en un mar de colores rojigualdas. Había también algunas banderas grandes, en las ventanas del bar del cruce y del hangar que había al lado y en las torretas del lavadero a las que algunos trabajadores se habían subido a mirarnos. Todo el mundo parecía estar nervioso, sobre todo los maestros, y especialmente mi padre, empeñado todo el rato en que sus alumnos permaneciéramos juntos y no invadiéramos la calzada, y los guardias civiles que cada pocos metros vigilaban la carretera alineados delante de la gente o montados a caballo. Había tantos que pensé que iba a ocurrir algo grave. Ignoraba todavía que los *mineros* éramos un peligro, el mayor de todo el viaje, para los encargados de velar por la seguridad de Franco.

Hacia las diez y media, llegó un coche con más

guardias. Eran los jefes de aquéllos, que venían por delante despejando la carretera y comprobando la vigilancia, y su llegada contribuyó a aumentar el nerviosismo general y a hacernos creer a todos que el momento esperado se acercaba. Pero, contra lo que parecía, no llegó nadie. Contra lo que parecía —y contra lo que todo el mundo, especialmente los niños, estábamos deseando—, Franco siguió sin aparecer y la impaciencia volvió a cundir entre los que desde hacía horas estábamos esperándolo. Aún tendríamos, no obstante, que esperar otra hora más antes de que *Tarzán,* quien, para no perder la costumbre, se había subido a un árbol, diera la señal de alarma:

—¡Que viene! ¡Que viene! ¡Que ya está junto a la curva!

Fue la locura. Después de tan larga espera, la ansiedad y la impaciencia tanto tiempo contenidas se desbordaron de golpe y la gente empezó a gritar y a empujar a los primeros, que éramos los más pequeños, tratando de ver algo, al tiempo que agitaba las banderas y prorrumpía en vivas a Franco. Es todo lo que recuerdo, todo lo que quedó grabado en la retina de mi memoria, aparte del coche negro en el que viajaba aquél, según me dijeron luego, pues yo no pude ver nada, y de los empujones de los guardias, que trataban de ese modo de impedir que la gente se acercase demasiado. Ante mi decepción y mi sorpresa (y supongo que también ante la decepción y la sorpresa generales), la comitiva pasó de largo a toda velocidad sin que Franco se parara un instante tan siquiera a saludarnos. Cuando me quise dar cuenta, la *Chivata* estaba de vuelta, y nosotros con ella, de nuevo a casa.

Al día siguiente, en el cine, me enteré de a dónde iba y de por qué no había parado a saludarnos. Morán, el hijo del guardia, nos contó que Franco tenía prisa porque iba a pescar salmones al río que yo había visto en Ribadesella cuando me llevaron a ver el mar al principio de aquel mismo verano. Morán decía que Franco era tan buen pescador que no sólo los pescaba por docenas, sino que, cada vez que venía, cogía el mayor del año. José Luis, el de La Herrera, que era hijo de furtivo y que presumía por ello de conocer el río mejor que nadie, decía que así cualquiera, que a él le había dicho su padre que los guardas le cogían los salmones con trasmallos el día antes y se los ponían en el anzuelo sin que Franco, que era tonto, se enterara. Al final, como es lógico, José Luis y Morán acabaron pegándose.

Yo nunca había visto un salmón (por eso no dije nada), pero, por lo que contaban: que vivían en el mar en el invierno y en el río en el verano y que podían llegar a pesar hasta mil kilos, deduje que serían una especie de ballenas o de culebras gigantes y que por eso sólo los podía pescar Franco. Quizá por eso también (y porque, como a las ballenas, tampoco a él había podido verlo, tan sólo el coche en el que viajaba), durante mucho tiempo pensé que Franco debía de oler como aquella carne cuyo olor blando y dulzón, a fiebre y a pan de algas, me devolvía siempre, desde aquel viaje a Ribadesella, la visión de la *Chivata*: esa vieja *DKW* azul y negra a cuyas ventanillas sigo asomado, junto con mucha otra gente, agitando una bandera y mirando hacia la cámara, en esta foto movida y velada por un lado (quizá porque nos la hicieron con la *Chivata* ya en marcha) el día en que me llevaron hasta la carretera de Asturias para ver pasar a Franco.

19. LA ORQUESTA COMPOSTELANA

Quien sí vino, y se quedó (durante todas las fiestas y, en mi memoria, durante años), fue la orquesta que anunciaban ya aquel día carteles por todas partes. Venía de Compostela, en Galicia, como su nombre indicaba, y la integraban veintitrés músicos, algo insólito hasta entonces en las fiestas de los pueblos de la zona. Lo normal, en los pequeños, es que apenas tuviesen tres o cuatro, como la de Martiniano, y en los grandes seis o siete, acaso con un cantante. La mayor que se había visto en el valle era una que trajeron a Sabero y que constaba de trece músicos elegantes y pulcramente uniformados.

Aquello había ocurrido, al parecer, hacía dos o tres años y, desde entonces, la calidad de la orquesta —o mejor: la cantidad— se había convertido en otro motivo más para la rivalidad existente entre Sabero y Olleros, que eran los pueblos más grandes y que, por esa y otras razones, estaban siempre enfrentados: si Sabero traía una de ocho músicos, Olleros una de diez; si Sabero una de diez, Olleros una de once; si Sabero una de once, Olleros una de doce, o de trece, o de catorce, o de los que hiciera falta. La disputa por la primacía, que se extendía a todos los campos y que tenía su origen en razones muy antiguas y arraigadas (separados por apenas tres kilómetros y unidos por el carbón, que los sostenía a ambos, los dos pueblos se envidiaban y se odiaban —Sabero era el ayuntamiento, pero Olleros era más grande— y dirimían en sus disputas, más que una simple rivalidad pueblerina, sus diferencias de clase: en Sabero estaba la empresa y en Olleros el carbón; en Sabero vivían los ingenieros y en Olleros los mineros; en Sabero había jardines y en Olleros escombreras; Sabero tenía de todo y Olleros casi de nada), se terminó aquel verano, al menos en ese frente, con la contratación para las fiestas de Olleros de la *Orquesta Compostelana*, la agrupación musical más famosa y cotizada de Galicia y, según decía la gente, la mayor de toda España.

Recuerdo todavía el cartel que la anunciaba: alineados en tres filas, cada una en un escalón, ante la Catedral de Santiago, los veintitrés componentes de la orquesta, con el vocalista al frente, sonreían a la cámara vestidos todos igual: camisa blanca, pantalón azul, chaqueta de lentejuelas y sombrero de ala ancha, cada uno con su instrumento y con el autocar que los transportaba al lado; un autocar gigantesco también de color azul, con el nombre y el escudo de la orquesta pintados en los cristales, que hizo su entrada en Olleros la víspera de la fiesta entre la espectación y la algarabía de los cientos de personas que habíamos ido a esperarlo. Había más gente allí que el día en que pasó Franco. En el Tercero de Olleros, entre las primeras casas, la gente se había ido congregando a lo largo de la tarde y la carretera se convirtió de ese modo en un pequeño anticipo de las fiestas que empezaban. Había hasta un heladero, que se trasladó allí en seguida con su carrito desde la plaza, y algunos llevaban gorros con el nombre y el escudo de la orquesta, que era una concha de peregrino, y hasta pancartas de bienvenida, escritas posiblemente en el reverso de las de Franco. Martiniano, muy callado, esperaba también entre la gente, con la curiosidad y la envidia, seguramente, de quien nunca había tenido ni tendría una acogida tan importante.

La inauguración de las fiestas, al día siguiente, con la presentación de la orquesta, fue aún más multitudinaria. Gente de todos los pueblos, incluida bastante de Sabero, que, como Martiniano, no podía ocultar su envidia, pese a que lo disimularan, y, por supuesto, todos los habitantes de Olleros, algunos de los cuales, sobre todo los mayores, habían traído sillas de casa para poder oírla sentados, llenábamos la plaza desde más de dos horas antes de que empezara a tocar la *Orquesta Compostelana*. Yo busqué un sitio privilegiado. Podía haberla visto desde mi casa, puesto que el templete de los músicos, especialmente grande ese año (habían tardado en hacerlo, recuerdo, cerca de una semana), estaba justo debajo, pero pensé que el toldo que lo cubría y la aglomeración de personas que sin duda iba a producirse en cada una de las ventanas me iban a impedir verla a gusto y me metí con Balboa debajo del templete antes de que se llenara. Era el sitio preferido de los niños, e incluso de algunos hombres, puesto que, desde allí, se oía mejor la música y se veía toda la plaza y, sobre todo, cuando elegían a la reina de las fiestas, que se hacía el primer día por votación democrática (las chicas desfilaban por el templete y la gente iba aplaudiendo según lo que le gustaran), podíamos ver también, a través de las rendijas de las tablas, las piernas y las bragas de las candidatas.

Nunca olvidaré el instante en que la orquesta empezó a tocar, ni la canción con que comenzó después de saludar y presentarse. Aplastado bajo el templete entre la marabunta de gente que allí se había metido (si arriba eran veintitrés, abajo los triplicábamos), escuché el primer acorde como si de repente el mundo se hubiese detenido en ese instante y todo lo que ocurría en él fuese lo que pasaba en aquella plaza. La música era potente, intensa, frágil, como una gran burbuja que envolvía aquel templete y lo elevaba del suelo, y a nosotros con él, llevándonos por los aires. A través de las rendijas de las tablas, veía los zapatos de los músicos marcando el ritmo al compás y me parecía que era un ejército que desfilaba sobre una nube bajo la que nosotros íbamos agachados: *¡Tariro-riro-riro-tiroriro! / ¡Tariro-riro-riro-tiroriro! / ¡Tararí-rorí-rorí-rorí! / ¡Tiroriroríl... / ¡Ta-rirorí-roriro-tariro-rorí! / ¡Ta-rirorí-roriro-tariro-rorí! / ¡Tiro! / ¡Tariro-riroriro! / ¡Tariro-riroriro! / ¡Tariro! / ¡Tarí!...*

Cuando acabó la canción, que apenas duró un minuto, pero que a mí me pareció una eternidad, un profundo silencio quedó en la plaza. Todos, absolutamente todos, habíamos permanecido ese tiempo completamente callados y el silencio que siguió al último acorde fue tan brutal que pareció que estallaba. Se lo impidió el griterío que siguió a continuación y el ensordecedor aplauso con que la gente acogió en la plaza la demostración de fuerza con que la *Orquesta Compostelana* inició su actuación en Olleros aquella noche de agosto de 1964. La actuación prosiguió en seguida con una nueva canción, ahora ya interpretada por el cantante, que, al contrario que el resto de los músicos, vestía completamente de blanco, y se prolongó hasta la madrugada con escasos intervalos para que los músicos se tomaran un respiro o se cambiaran de traje (otra de las atracciones de aquella orquesta era la variedad, no sólo de su repertorio, sino también de su vestuario). La gente estaba tan impactada que ni siquiera bailaba. Se limitaba a mirar y a aplaudir cada canción como si aquello fuera un concierto en lugar del baile de un pueblo que celebraba sus fiestas de cada año.

Durante una semana —la que duraron las fiestas, que ese año, como es lógico, se prolongaron en varios días— la *Orquesta Compostelana* paralizó la vida de Olleros e incluso el alboroto de los bares y las tómbolas que, en número inusitado, llenaban toda la plaza e incluso algunas calles y desmontes aledaños. Desde la primera noche, se ganó el cariño de un pueblo que había trabajado todo el año duramente para poder pagarla y, a cambio, ella procuró devolverle en forma de música el esfuerzo que había hecho por conseguirlo y el cariño que le demostraba. Cada tarde, después de dormir la siesta o de volver del trabajo (aunque fueran las fiestas, la mina no se paraba), la gente se congregaba frente al templete, cada vez con más anticipación y cada vez con mayor número de sillas para poder oírla sentados (al final, aquello parecía un auditorio, sólo que sin plateas y a cielo raso), y, durante toda la noche, escuchaba sin moverse el variado repertorio que la orquesta desgranaba para ella y que terminaba siempre con la canción de su tierra que había elegido como estandarte y que quedó grabada en nuestra memoria como recuerdo de aquel verano: *A Santiago voy ligerito, caminando / y con mi paragüitas por si la lluvia me va mojando... / A Santiago voy ligerito, suspirando / por mi niña Carmela que en Compostela me está esperando... / ¡Voy subiendo montañas, cruzando valles, siempre cantando! / ¡El verde ya me acaricia porque a Galicia estamos llegando!... / A Santiago voy...*

Cantándola, se despidió de nosotros la última noche, a las cinco de la madrugada, y, cantándola, la despedimos nosotros al día siguiente, cuando el autobús azul se alejó para siempre de nuestras vidas llevándose con él el bello sueño de aquel verano. No es de extrañar, por ello, que, durante mucho tiempo, la *Orquesta Compostelana* siguiera siendo el mejor recuerdo que muchos atesorábamos (algunos, como yo, incluso en fotografía: ésta en la que estoy subido al templete, junto con otros chavales, viendo cómo se prepara), ni que, cuando, al poco tiempo, llegó a Olleros la noticia del accidente que había sufrido en Galicia y que le costó la vida a la mitad de sus componentes, les dijeran una misa pagada por todo el pueblo, y a la que asistió incluso gente que nunca iba a la iglesia, cosa que dudo mucho hicieran en su momento con Franco.

20. LA HUELGA
(PELÍCULA PARA MAYORES)

De Franco, en realidad, yo apenas había oído hablar hasta ese año. Lo veía todos los días —en la fotografía de la escuela y en los libros— y oía cada poco su nombre por la radio, pero, como no sabía quién era, quiero decir, lo que significaba, nunca le presté atención. Luego, como lo veía en el *No-Do*, antes de cada película, gesticulando y andando rápido, creía que era un actor, como *Charlot* o el Gordo y el Flaco, sólo que con menos gracia.

Empecé de verdad a oír hablar de él aquel verano. Al menos, fue por entonces cuando empecé a prestarle atención y a interesarme por él más allá de lo que decían los libros y los partes de noticias de la radio. Antes, cuando lo mencionaban (mi padre lo hacía a veces en la escuela, nunca en casa, pero don Aniceto, que era el vecino y a cuya escuela comencé a ir cuando cumplí ocho años, nos hacía rezar por él cada día), pensaba que era alguien como el Cid, sólo que mucho más bajo. A esa suposición contribuyó seguramente el dibujo con que se abría la enciclopedia, que era el único libro que estudiábamos y en el que Franco aparecía mirando al cielo, con una capa blanca sobre los hombros, una armadura de hierro y una espada gigantesca entre las manos. Una ilustración, por cierto, que a mí me costó dos dientes antes aún de saber quién era de verdad Franco: un día, don Aniceto me sorprendió pasando la lengua por ella (seguramente estaba aburrido y entretenía así el rato) y me sacó de mi ensimismamiento aplastándome de un golpe la cara contra la página.

Cuando pasó por el cruce, fue cuando empecé a enterarme. Desde que se supo aquello, en Olleros no se hablaba de otra cosa y en la escuela los maestros repetían cada día la lección con la que comenzaba la enciclopedia, y que era en la que venía la ilustración, hasta que consiguieron que la aprendiéramos de memoria. En síntesis, lo que decía es que Franco era muy bueno, que había ganado una guerra y que había salvado a España y que, gracias a él, los españoles podíamos vivir tranquilos y sentirnos orgullosos de haber nacido en España. Vistas así las cosas, lo de mis dientes apenas tenía importancia y en seguida se lo perdoné, sobre todo cuando don Aniceto le dio a mi padre dos duros (uno por cada diente, supongo) para que éste me los diera de su parte. Lo que ya no le perdoné —a don Aniceto no, a Franco— fue que pasara por el cruce de Sabero sin pararse a saludarnos y, sobre todo, que, a los dos o tres meses de aquello, enviara a los guardias civiles a Olleros para castigarnos.

Fue al comienzo del otoño, apenas un mes después de que se hubiera ido la *Orquesta Compostelana*. Recuerdo que coincidió con el retorno a la escuela y con un temporal de lluvias que duró varios días y que convirtió la plaza, y el pueblo entero, en un mar de barro. Una noche, de repente, hacia la madrugada, oí ruidos en la plaza. Me desperté. Era extraño. Era la primera vez que oía ruidos tan temprano (a juzgar por la oscuridad, todavía era muy pronto para que los mineros del primer turno volvieran ya del trabajo). Desde la ventana de mi habitación, que daba justo a la plaza, vi a varios guardias civiles que caminaban bajo la lluvia cubiertos con sus capotes y chapoteando en el barro.

Eran muchos, casi tantos como el día de Franco. Llevaban metralletas como aquel día y los tricornios les brillaban con la lluvia como si fueran cristales (cristales de luna negra, pensé, como si aún siguiera soñando). Al llegar junto a las escuelas, los guardias se separaron y, mientras unos seguían andando, otros entraron en los portales o se apostaron en las esquinas como si estuvieran esperando a alguien. Fue todo lo que alcancé a ver, la única imagen clara que guardo de aquella noche, como si fuera una cartelera de una película que se borró con el tiempo, pues, de repente, llegó mi madre, cerró las contraventanas y me mandó volver a la cama.

El argumento de esa película, la historia que quedó oculta detrás de esa cartelera y de las contraventanas de mi casa, todavía lo recuerdo levemente, sin embargo. Era el mes de setiembre de 1964. Desde hacía varios días, llovía a mares en Olleros y, desde hacía días también, se respiraba un ambiente extraño. Yo no sabía lo que pasaba. Sabía que algo ocurría por el silencio que había en la calle, incluso en los comercios y en los bares, y porque veía a mi padre últimamente muy serio, pero, como nadie quería decírmelo, ni siquiera me dejaban preguntarlo (mi padre me pegó un día, recuerdo, por molestarle con mis preguntas mientras estaba cenando), me dediqué a espiar a la gente, intentando sorprender alguna conversación para poder enterarme. No era la primera vez. Así había sido como me había enterado, hacía ya un par de años, de que mi madre iba a tener otro hijo (noticia que me produjo el mayor disgusto que recuerdo haber tenido en muchos años) y así había sido también como conseguí saber cómo nacían los niños y de dónde venía mi nueva hermana. Del mismo modo, escuchando a los vecinos a escondidas, aprovechando mi insignificancia, fue como me enteré de que los mineros iban a ir a la huelga por primera vez desde la guerra y por primera vez, sobre todo, desde que Franco mandaba en España. Se lo escuché a dos mineros que hablaban en un portal una noche a la vuelta del trabajo sin saber que yo estaba escondido detrás de una de las puertas, aprovechando la experiencia que tenía en espiar a las parejas cuando se despedían en los portales antes de volver a casa.

Yo, esa noche, volví a la mía intrigado. Era la primera vez que oía hablar de la huelga (ni siquiera sabía aún lo que significaba la palabra) y, sobre todo, era la primera vez que oía hablar mal de Franco. Hasta entonces, todo lo que había oído de él, tanto en la escuela como en el cine, habían sido alabanzas. Por eso no entendía nada. Aunque tenía todavía muy reciente su última respuesta, se lo pregunté a mi padre. Recuerdo perfectamente que estábamos cenando. Él se quedó sorprendido, miró un momento a mi madre, me miró de arriba abajo y me preguntó por qué. Por el tono de su pregunta, en seguida me di cuenta de que la mía no le había gustado nada. Pero ya no podía volverme atrás; ya había empezado a hablar y ya era tarde para callarme. Se lo conté. Se lo dije. Lo que les había escuchado a los dos mineros (aunque, por supuesto, no dije cómo) y lo que, desde hacía ya tiempo, yo mismo venía pensando: que no podía ser bueno alguien que nunca sonreía y que parecía, además, que siempre estaba enfadado. Por supuesto, hablaba de Franco. Mi padre se levantó, me miró. Pensé que iba a pegarme. Pero me equivoqué: iba a coger un cigarro. Luego, se sentó de nuevo y se quedó un buen rato callado. Hasta que se fue mi madre. Cuando mi madre se fue, mi padre volvió a mirarme y me pidió que le prometiera que lo que le había dicho no se lo contaría a nadie. Se lo prometí, claro. Sin levantar los ojos del plato. Estaba tan asustado que ni siquiera me atrevía a mirarlo.

Aquella noche, recuerdo, tardé en dormirme. No entendía qué pasaba. Lo único que sabía es que todo era muy raro y que, sin saber por qué, empezaba a odiar a Franco. La verdad es que tenía razones para odiarlo. Por su culpa, solamente en los dos últimos meses, había perdido dos dientes, me había pegado mi padre, había perdido una apuesta (con Ibarra, el día del cruce: yo decía que paraba) y, por si faltara poco, los mineros iban a hacer una huelga, que no sabía lo que era, pero que sospechaba que era algo grave, entre otras cosas porque veía a mi padre muy preocupado. Quizá por eso, esa noche, y las que la siguieron, tardé en dormirme esperando a ver qué pasaba, como cuando, la de Reyes, procuraba no dormirme para ver si los veía aparecer tras la ventana.

Pero, en lugar de los Reyes, los que me despertaron fueron los guardias. Fue a las tres o cuatro noches. Los vi pasar por la plaza, bajo la lluvia de la madrugada, y comprendí que la huelga había comenzado. Me di cuenta por la cantidad que había y porque parecía que estaban buscando a alguien (posiblemente a los dos mineros a los que yo había estado espiando). Luego, fue cuando llegó mi madre y me mandó volver a la cama y, a partir de ese instante, el resto de la película tuve que imaginarlo. Al menos, fue lo que hice durante toda esa noche (ya no logré volver a dormirme) y durante bastante tiempo hasta que la fui olvidando: como me pasaba con las películas para mayores, nadie quería contármela. Quizá por eso la recuerdo aún, al cabo de tanto tiempo, mirando esta cartelera en la que Miguel y yo estamos junto a la iglesia, sentados en un madero, viendo pasar a los guardias el día en que los mineros quemaron una escombrera para honrar a su patrona, Santa Bárbara. Porque aquella primera huelga, la primera que yo viví y la primera que éstos hacían desde que Franco mandaba en España, se quedó sólo en aquella imagen. Aunque yo obedecí a mi padre y guardé fielmente el secreto, pese a que nadie quería explicármelo, hubo quien no hizo lo mismo y la empresa la abortó antes de que comenzara.

21. JUDAS EN LA CARRETERA

El traidor nunca se llegó a saber quién fue, aunque se rumorearon diversos nombres, entre ellos el de un asturiano que había llegado desde su tierra para organizar la huelga y que desapareció el día antes. Se llegó a decir, incluso, que había sido la propia empresa la que lo había traído, a modo de engañabobos, para, con su colaboración, saber quiénes eran los mineros implicados. Fuese quien fuese el culpable, lo cierto es que, a partir de entonces, la vida cambió en Olleros y la gente se volvió desconfiada. Comenzó a hablar en voz baja y a mirarse de reojo y a cambiar de conversación cuando yo estaba delante. No en vano aquella experiencia les había costado a algunos la expulsión definitiva de la empresa y a otros, como a *Tarzán*, unos palos de los guardias.

Yo, mientras tanto, me había enterado ya de lo que era una huelga y de que aquélla había fracasado y me pasaba las horas tratando de imaginar cómo sería aquel hombre capaz de engañar a todos y de traicionar a sus compañeros sin importarle lo que les pasara. Lo imaginaba esquinado, torvo, mirando siempre de lado y constantemente en guardia. Mi suposición nacía, como mi odio por Franco, de las ilustraciones de la enciclopedia; concretamente de una que aparecía en la *Historia Sagrada*, que era una de sus partes, y que representaba a Judas con la mirada torcida, espiando a Jesucristo desde detrás de un árbol.

Con esas características, había varios en Olleros. Estaba el padre de Ibarra, que andaba siempre encorvado, y *Sevilla*, el de la mulas, que nunca hablaba con nadie, y Ordás, el barbero cojo, y Silva, el de Colominas, que tenía un ojo torcido y cuando te miraba parecía que lo hacía hacia otra parte. Durante varios días, como los detectives de las películas, me dediqué a espiarlos. Los esperaba junto a sus casas y los seguía hasta el bar o hasta el lugar al que fueran, controlando lo que hacían y con quiénes se paraban por la calle. Pero mis seguimientos no dieron ningún resultado. Los cuatro hacían siempre lo mismo: salían de trabajar e iban a casa a cambiarse, de casa iban al bar y del bar de nuevo a casa, excepto los domingos, que, como no trabajaban, se pasaban todo el día por los bares, y los cuatro hablaban casi siempre con los mismos, salvo *Sevilla*, el mulero, que nunca hablaba con nadie, seguramente porque estaba acostumbrado a tratar con los animales. Quizá por eso, y porque me cansé de seguirlos todo el día por los bares, sin descubrir nada interesante, decidí dejar de hacerlo y centrar mis sospechas en *Judas*, que, aunque no trabajaba en la mina (en realidad, no trabajaba ya en nada), por lo menos tenía nombre de traidor y se le parecía bastante.

Judas era un borrachín que vivía en Colominas, en una casona vieja, al lado de los cubiles. Vivía solo, sin vecinos, con un perro negro y flaco, y, cuando entraba en los bares, todos le dejaban paso: olía tanto a vino que nadie podía aguantar a su lado. Los chavales le teníamos miedo porque nos asustaban con él diciendo que era un sacamantecas que secuestraba a los niños para sacarles el unto (no sé para qué lo querría) y nunca nos acercábamos. Él, por su parte, lejos de molestarse por ello, había asumido el papel y, cuando nos veía, se divertía asustándonos: nos enseñaba los dientes, que los tenía muy negros, y hacía como que iba a echar a correr tras nosotros, pese a que la mayoría de las veces ni siquiera podía tenerse en pie. El apodo le venía, no de su parecido con Judas, sino de una de sus anécdotas más famosas y sin duda más crueles en su ya de por sí desdichado anecdotario. Todos los años, al amanecer del Domingo de Pascua, los mineros colgaban un monigote en la carretera, hecho de trapos y paja, que, según la tradición, representaba la muerte de Judas y el fin de la Semana Santa. Era una costumbre antigua, una tradición local que tenía, obviamente, una raíz religiosa, pero que en seguida se convertía en profana: al día siguiente, al salir de misa, los chicos nos dedicábamos a tirar piedras al Judas, ante la complacencia de sus autores, hasta que el monigote caía a la carretera hecho un guiñapo de paja; y, luego, lo quemábamos. Un año, sin embargo, al parecer, *Judas*, que todavía no se llamaba así (en realidad, nunca llegué a saber su nombre), estaba en una cuneta durmiendo la borrachera y los otros, que también debían de estar borrachos, decidieron colgarlo a él en lugar del monigote que llevaban. Al parecer, todavía seguía allí, durmiendo la borrachera, sin enterarse de nada, cuando la gente salió el domingo de misa y se acercó a ver el Judas como hacía cada año. Imagino que, por lo menos, a él no lo apedrearan.

Con esos antecedentes, y con el añadido, además, de que, como *Sevilla*, tampoco él hablaba nunca con nadie, no es de extrañar que aquel hombre se convirtiera en seguida en mi principal sospechoso y que, como tal, comenzara a espiarlo. Me daba miedo, al principio, hacerlo —por su leyenda de sacaúntos y por lo solitario y apartado de su casa—, pero me podían más la curiosidad y el riesgo y el afán por saber qué era lo que ocultaba. Porque estaba seguro de que ocultaba algo. Y, si no, ¿por qué siempre andaba solo y por qué nunca entraba nadie en su casa? (Lo que yo no sabía entonces, porque me enteré más tarde, cuando *Judas* ya había muerto y yo sabía que los traidores no tienen cara, es que lo único que ocultaba era una gran soledad y una vida construida en torno al vino y al recuerdo de una mujer que se había muerto muy joven y de un hijo, el que tuvieron, que se había matado en la mina con tan sólo quince años.)

El día en que yo entré en ella —en su casa, me refiero, aunque, de paso, lo hice también en su vida—, llevaba ya varios días espiándolo. Seguramente, hasta me habría olvidado ya de la huelga, que había sido el motivo por el que había empezado a hacerlo, y, seguramente también, él se había dado cuenta, pese a que nunca me dijo nada. A fuerza de vigilarlo, había aprendido sus pasos y, un día, aprovechando la hora en que solía ir al cubil, a dar de comer al cerdo, me decidí a entrar en su casa. Recuerdo todavía aquella tarde. Es un recuerdo tan fuerte, tan presente en mi memoria, que a veces me vuelve en sueños, como las carteleras del cine, troceado en mil imágenes. La casa estaba completamente a oscuras, llena de objetos extraños, y había un olor muy fuerte, como a manzanas podridas, que inmediatamente deduje debía de ser el del unto que, según decía la gente, les sacaba a los niños para enviarlo a Corea en sacos (ignoro por qué a Corea, pero recuerdo que aquella tarde, mientras estaba allí dentro, era lo que más me asustaba). Tanteando las paredes, con el corazón temblándome, avancé por el pasillo hacia la habitación del fondo, que era de donde procedía el olor, y estaba a punto de descubrirlo cuando, de repente, escuché un ruido a mi espalda. Estuve a punto de desmayarme. Si no hubiera tenido tanto miedo, allí mismo habría caído al suelo, dispuesto para que *Judas* me rajara la barriga como a un cerdo y me sacara el unto que, estaba ya convencido, era lo que venía buscando. Porque era él, en persona, el que tenía a mi espalda. Me miraba muy serio, sin decir nada, como si le sorprendiera que alguien se atreviera a entrar en su casa sabiendo lo que le esperaba. Pero, mientras yo esperaba ya verle sacar un cuchillo y abalanzarse sobre mi cuello con los ojos encendidos como ascuas, él lo único que hizo fue dar la luz del pasillo y preguntarme muy serio qué era lo que hacía en su casa.

No sé lo que le conté. Estaba tan aterrado que ni siquiera acertaba a hablar y lo único que hacía, recuerdo, era intentar no mirarlo. Él se debió de dar cuenta (al parecer, aquel día todavía no estaba borracho) y, para tranquilizarme, me dio una pera que traía en el bolsillo del abrigo y que fue el primer regalo de los muchos que me haría en adelante. Porque, a partir de aquel día, *Judas* y yo nos hicimos amigos. Amigos y confidentes. Perdido el miedo y la desconfianza, yo comencé a frecuentarlo (incluso le ayudé un día, recuerdo, a limpiar la habitación del unto, que no era otra que la cocina, y recuerdo que encontramos caído bajo la mesa un lapicero del hijo, de cuando iba a la escuela, y eso que tendría ya, en caso de no haber muerto, cerca de cuarenta años) y él, a cambio, me llevaba a buscar setas al monte o a dar de comer al cerdo, que era al único al que de verdad le sacaba la manteca cada año. Así fue como me enteré de lo que había sido su vida, por lo que él quiso contarme, y así me enteré también de que, pese a lo que yo imaginaba, él nunca había traicionado a nadie. Al revés: era él el traicionado. Por la vida y por los hombres, pese a lo cual, no sentía odio por nadie. El único enemigo que yo tengo, me dijo *Judas* un día mientras desde los cubiles veíamos caer la tarde, es éste —y señaló la botella de vino— que me ha ido dejando solo y que sé que un día me acabará matando.

Lo mató una noche de invierno mientras estaba durmiendo, como hacía a veces, en el cubil y, como siempre, borracho. Lo encontraron a los dos días, después de romper la puerta, cuando la gente observó que el perro no se alejaba de allí y se pasaba la noche aullando (pero a él ni siquiera le habían echado en falta). Yo ya era monaguillo y me tocó acompañar al cura cuando fue a darle la extremaunción, allí, en aquel cubil inmundo, en medio de los conejos y con el cerdo mirándonos. Al día siguiente, recuerdo, cuando volvimos del cementerio, fui a dar de comer al perro, que seguía aullando aún a la puerta del cubil, y, luego, volví a mi casa. Desde entonces, y hasta que me fui de Olleros, nunca volví a tirarle piedras al Judas, pese a que todos los chicos seguían haciéndolo, como yo en esta fotografía, cada Domingo de Pascua.

22. TANGO

La verdad es que *Judas* no era el primer muerto que veía. Ni siquiera el más trágico. Aparte de Celino y de Miguel Ángel, que todavía seguía en la cabina del camión del padre cuando las máquinas de la empresa consiguieron levantarlo, y de los numerosos mineros que se mataron aquellos años y a muchos de los cuales vi cuando los sacaban, había visto también a *Tango*. De hecho, yo fui el primero que lo vi muerto y el último, también, que lo vi todavía vivo antes de que se estrellara contra aquel árbol.

Fue un domingo de febrero, hacia las tres de la tarde. Lo sé porque había comido y estaba haciendo tiempo por la calle hasta la hora del cine, que ese día —me acuerdo aún y, sin embargo, qué extraño es todo, ya no recuerdo lo que hice ayer— anunciaba *Los titanes*, una película mitológica que a mí me gustó tanto que la vi hasta cuatro veces (a lo mejor es que nos la pusieron cuatro domingos seguidos, cosa que también pasaba). Yo estaba, me acuerdo aún, junto al bar de la *Diabla*, mirando la carretera, que a esa hora aparecía tan desierta como el resto de las calles. La gente estaba comiendo, salvo en mi casa, donde se comía a la una fuera lunes o domingo y pasara lo que pasara (mi padre tenía esa hora y él era el que mandaba), o, los más madrugadores, tomando café en los bares. De pronto, lo vi venir por el comercio del *Negro* pilotando aquella *Guzzi* que a mí tanto me gustaba. Todo sucedió muy rápido, en apenas diez segundos, que fueron aproximadamente los que tardó en cruzar la pantalla. Se acercó, pasó ante mí (no iba a mucha velocidad: había nieve en la calzada), siguió veinte o treinta metros y, de pronto, cuando estaba a punto ya de desaparecer del cuadro, salió despedido a un lado, como si fuera un cohete, y fue a parar contra un árbol. Lo que vi a continuación fue una cadena en el aire, una rueda dando vueltas y a él, que volvía de nuevo rebotado a la calzada y se quedaba tendido en ella igual que sigue en la foto, sólo que sin nadie al lado.

Lo que pasó a partir de ese instante fue todavía más rápido. Aún no había reaccionado cuando un hombre, alertado por el ruido, se asomó a la puerta del bar y, al ver a *Tango* en la carretera, gritó a los que estaban dentro y echó a correr hacia él. En apenas un minuto ya se habían congregado varios hombres alrededor del cuerpo de *Tango*. Porque éste seguía allí, tirado en la carretera, sin que nadie se acercara a levantarlo. Quizá ya se habían dado cuenta de que no se podía hacer nada: estaba desmadejado como un muñeco y el reguero de sangre que había en la nieve era demasiado grande. Luego, llegó más gente y alguien fue a buscar al médico —que tardó en aparecer, pues, como de costumbre, estaba borracho— y, a partir de ese momento, yo pasé a un segundo plano. Ni siquiera me preguntaron lo que había visto, pese a que yo había sido el único que lo había visto estrellarse. Como de costumbre, nadie me hizo ni caso. Pero a mí no me importó. Me bastaba con poder seguir allí, sin que los hombres me echasen, y con saber que yo había sido el último que había visto vivo a *Tango*.

Era uno de los hombres que más admiré en mi

vida. La primera vez que lo vi, un domingo en el bar de *Los Pelayos*, con su camisa de seda, sus botas de tacón alto y sus patillas de hacha, ya me quedé fascinado. Acababa de llegar a Olleros y todo el mundo hablaba de él, sobre todo las mujeres, que le miraban de reojo y comentaban que era muy guapo. Las jóvenes, sobre todo, estaban alborotadas. A mí me pareció un *cow-boy* por las patillas y por las botas y por la forma en que bebía la cerveza, directamente de la botella y de espaldas a la barra, y eso fue ya suficiente para que, desde el primer momento, comenzara a admirarlo: había visto muchos hombres como él en las películas, pero nunca por la calle. Por eso, el gesto que tuvo al salir del bar se lo agradecí tanto: al pasar a mi lado, me guiñó un ojo y me tiró de la oreja como si fuera una vaca.

En seguida, se hizo famoso en el pueblo, sobre todo entre las chicas, que no hacían más que hablar de él y pasear por la carretera por ver si se lo cruzaban, y se convirtió en el rey del baile. Decían que venía de Argentina, donde había vivido hasta entonces, y que volvía locas a las mujeres por su forma de bailar el tango: las apretaba con fuerza, metiéndoles la rodilla (según Balboa, para que no se escaparan), y, al acabar, las doblaba. Por eso lo apodaron *Tango*. Por eso y por el sentimiento que ponía para cantarlos al oído de las chicas e, incluso, a veces, por el micrófono con el acompañamiento de Martiniano: ladeando los hombros y la cabeza y arrastrando las palabras como si fuera extranjero, aunque en realidad había nacido en Olleros, en la casona del monte, donde todavía vivía su madre. Desde allí, bajaba cada día, a jugarse el dinero al póker en el bar de *Los Pelayos* (que era de lo que vivía) o, los domingos, al baile, en aquella *Guzzi* roja que a mí tanto me gustaba.

Siempre iba con alguna chica atrás. Pasaba por el pueblo con su camisa de seda y sus patillas de hacha y la gente le miraba entre la admiración y la envidia, según fuera hombre o mujer y según la relación que tuviera en cada caso. Yo, claro está, era de los que lo admiraban. Desde que me tiró de la oreja aquel día en el bar de *Los Pelayos*, cosa que siguió haciendo cada vez que me veía (se ve que le caía simpático), me convertí en su máximo admirador y le agradecía cada tirón de orejas de la única manera en que se pueden agradecer a esa edad ese tipo de detalles: estando siempre dispuesto para servirlo e imitando a todas horas sus gestos y sus andares (estaba claro que en las patillas y en las camisas de seda todavía no podía ni soñarlo). Pero él nunca me pidió nada, ni siquiera un favor (ir a avisar a una chica, ayudarle a limpiar la moto, irle al bar a por tabaco), como hacían otros hombres a cambio de la propina e, incluso, a veces de nada, pese a que yo estaba dispuesto a hacer lo que él me pidiera sin esperar siquiera las gracias. O, mejor, si he de ser sincero, esperando íntimamente que me llevara en la *Guzzi* y me enseñara a bailar el tango. Porque yo también quería volver locas a las chicas, como él, aunque ni siquiera tuviese todavía barba.

Pero no me hizo falta. Un día en que yo andaba por la calle, quizá sin saber qué hacer o tal vez esperando a mis amigos o a que mi madre volviera del economato, *Tango* apareció en la moto y, al verme, paró a mi lado. Pensé que iba, como siempre, a tirarme de la oreja, y estaba ya preparado, pero me equivoqué, por lo menos en parte. Me tiró de la oreja, claro, y me dijo aquello que me decía siempre: «¿Qué pasa, rubio?», que parecía divertirle tanto, pero luego me preguntó si quería dar una vuelta en la *Guzzi* con él, cosa que yo no esperaba.

Me faltó tiempo para decir que sí. Me subí atrás, junto al portabultos, y lo único que sentí es que no estuvieran allí mis amigos para verme en ese instante. Cruzamos todo el pueblo y subimos hasta cerca de Sotillos; allí, dimos la vuelta y bajamos hasta el cine; del cine, fuimos hasta Quemadas, que era donde él vivía, y, de Quemadas, volvimos a Olleros y estuvimos dando vueltas por la plaza hasta que me dejó por fin junto a mi casa. En total, no menos de ocho kilómetros, sin contar los que hicimos por la plaza, pero que a mí me supieron a poco porque se me pasó el tiempo volando. Estaba tan encantado que hubiera seguido así toda la tarde.

Pero otro día *Tango* volvió a llevarme. Me llevó hasta la mina vieja, por el camino de La Salera, y volvimos por el del economato. Por el camino, se paró a echar un cigarro (me preguntó si quería yo uno también, pero no me atreví a cogerlo, aunque ya entonces fumaba a escondidas con mis amigos de cuando en cuando). Mientras fumaba, me estuvo hablando del tango. Y de las mujeres. Y de Argentina, país que yo idealizaba porque en él vivía un tío mío al que no había visto nunca porque se había ido cuando la guerra y jamás había vuelto a España (al parecer, no le dejaba Franco), pero que me mandaba regalos de vez en cuando (el último, una cartera de cuero que todavía debe de andar por alguna parte). *Tango* decía que era un país muy bonito, y muy grande, y que en él las mujeres eran tan bellas como en los cuadros. Decía que las mujeres eran como los tangos: que había que saber bailarlas. Y, también, que el mundo era una ruleta donde todos nos jugábamos la vida cada día y en la que sólo los más listos ganaban. Yo lo escuchaba extasiado. Nunca había conocido a nadie que supiera tantas cosas de la vida y que hubiera viajado tanto. Y, sobre todo, que conociera la forma de volver locas a las mujeres con solamente mirarlas. Por eso, el día en que se mató, con aquella misma *Guzzi* y con la misma camisa que llevaba aquella tarde, mientras miraba su cuerpo lleno de nieve y de sangre, yo recordé sus palabras. Recordé aquella tarde y lo que me contaba y olvidé lo que, entre tanto, me había contado mi padre: que *Tango* nunca había estado en Argentina, que ni siquiera había salido de España, que en realidad era un sinvergüenza que siempre andaba en peleas y que trataba mal a su madre y que los últimos ocho años, que eran los que había faltado de Olleros, los había pasado en la cárcel por apuñalar a un hombre en el bar de *Los Pelayos*. Es más, tengo la sospecha de si mi padre no me estaría engañando: cuando por fin conocí Argentina, al cabo de muchos años, todo, absolutamente todo: el país, las mujeres, la música de los tangos, las patillas de los hombres y hasta las motos que veía por las calles, me recordaba a *Tango*.

23. LAS HOJAS VERDES

A veces, me sorprende el modo en el que las fotografías se suceden, la forma en que los recuerdos se agarran unos a otros, como si fueran cerezas, formando una película tan lógica que parece que recuperara el tiempo. Es como si, de repente, el tiempo cobrara vida, como si la memoria fuera una cámara precisa y casi perfecta que volviera a proyectar para nosotros, sólo para nosotros, la película que un día vivimos y que creíamos borrada para siempre. Pero no es cierto. Aunque los recuerdos fluyan con precisión, aunque las fotografías se sucedan y encadenen, como los fotogramas de una película, sin dejar entre sí cortes en negro, en el fondo no son más que carteleras; carteleras aisladas e independientes, como las de la vitrina del *Minero,* que lo único que pueden devolvernos es la ilusión de tenerlas. Basta con volver a verlas al cabo de algunos años, incluso de algunos meses, para comprender que todas están ya quietas. Y ni siquiera. Lo veo ahora mirando ésta.

Las últimas fotografías, a partir de que el color entró en mi vida, que no en mi recuerdo de ella, tenían tal cohesión, fluían con tanta lógica, que incluso llegué a pensar que estaba otra vez viviéndolas. En lugar de secuencias aisladas, que es lo que son los recuerdos, sobre todo los lejanos, me daba la sensación de estar viendo una película completa. Pero, de pronto, miro esta otra, la siguiente a la de

Tango, también del 65 y, por lo tanto, vecina de ella, y se abre ante mis ojos una inmensidad en negro. La misma que solía haber entre cada cartelera del *Minero*.

La foto, por lo demás, tampoco es muy sugerente: un grupo de colegiales, entre los que me encuentro yo, estamos jugando al fútbol en el prado que había al lado del reguero; al fondo, desde una cuesta, dos o tres hombres nos miran, varias mujeres tienden la ropa y un perro ladra en silencio y, a la izquierda, en primer plano, dos chicas fingen que cogen flores (digo que fingen porque nos están mirando y no llevan en la mano más que un ramo muy pequeño); a lo lejos, se ve un coche que sube por la carretera y, tras él —y tras las casas—, el castillete del pozo se alza como un fantasma rojizo y siempre presente. Es una estampa cualquiera, una fotografía que podría haberse hecho cualquier año, incluso cualquier día o cualquier mes, siempre que fuesen de primavera (la pradera está llena de flores y los árboles de hojas verdes), y que no tiene, por tanto, ninguna correlación con las que la preceden. Tampoco tiene argumento. Es simplemente una imagen, una postal sin sonido, una cartelera aislada en la vitrina del álbum, incapaz de entrelazarse con las otras, pero, también, de generar por sí sola un recuerdo.

El recuerdo se lo da su situación en el álbum o, lo que es lo mismo, en el tiempo. Entre el verano de 1964, que fue cuando conocí el color y, con él, el movimiento, y mi partida de Olleros, mi memoria empezó a crecer y a adquirir poco a poco dimensiones y relieve. No es que el color se los diera; es que me había hecho mayor y empezaba a verlo todo de manera diferente. Antes, hasta ese año, la vida era para mí una serie de postales aisladas y yuxtapuestas, sin ningún punto en común y sin ningún argumento. Pero, a partir de ese año, que fue cuando yo cumplí nueve, el tiempo empezó a fluir y mi vida a suceder, es decir, a sucederse, siguiendo el ritmo del tiempo y de la noria de las imágenes, que empezaba ya a dar vueltas. El mar, la *Orquesta Compostelana*, las imágenes de la *Chivata* o de los días de huelga no eran más que cangilones de esa noria, de ese tiovivo invisible que desde entonces ya no ha parado y que no lo hará hasta que muera. Pero, de pronto, aparece ésta. Aparece entre las otras como perdida en el tiempo y extiende entre las demás una inmensidad en negro: días de frío, de fútbol, de primavera, de aburrimiento...

Cuando era niño, mi padre me explicó un día (o, mejor: nos lo explicó a todos sus alumnos, pues estábamos en la escuela) cómo se había formado el carbón que los padres de éstos sacaban bajo las casas de Olleros. Nos contó que, hacía millones de años —creo que dijo trescientos; en cualquier caso, a mí me parecieron tantos que pensé que estaba mintiendo—, el valle en el que vivíamos había sido una laguna que acabó siendo tragada por la presión de la tierra. Con la laguna, la tierra tragó también los árboles y los helechos que había a su alrededor y esos árboles y esos helechos, podridos bajo la tierra, se convirtieron en el carbón que ahora teníamos bajo nosotros, del mismo modo en el que los hombres se convertían en polvo cuando llevaban ya algún tiempo muertos. A mí, recuerdo, aquello me pareció un cuento, uno más de los que mi padre nos contaba algunas veces para entretener el rato o para que no nos durmiéramos, pero me impresionó tanto que, a partir de aquel día, cuando iba por la calle y veía, como ahora, los árboles de Olleros, me quedaba mirándolos y pensaba que algún día, dentro de otros trescientos millones de años, o los que fueran, también ellos serían ya carbón lo mismo que yo sería un montón de polvo confundido con la tierra. Pero aún iba más lejos: cuando, a la puerta del cine, miraba las carteleras de la película que los mayores estaban viendo o cuando, dentro, la película se interrumpía durante algunos segundos dejando la pantalla en negro, imaginaba que el polvo que cubría aquéllas o la oscuridad total en la que se quedaba ésta eran el polvo y la oscuridad del carbón en el que las carteleras y las imágenes que faltaban se habían convertido con el paso de los años y por eso en su lugar había aquellos espacios o aquellos trozos en negro. No andaba muy desencaminado. Ahora que sé que es verdad; ahora que sé que los días se convierten en carbón y que lo que nos contaba mi padre no era ninguna invención, ni mucho menos un cuento, miro estas fotografías y sé que las que faltan, que son las que ya no están o las que nunca me hicieron, pero que pudieron haberlo sido de igual manera, son las que se tragó la tierra. Por eso, esos espacios que hay en negro en mi memoria y por eso algunas fotos, como ésta, están ya virando en sepia: porque las fotografías también se mueren. Se van secando como las hojas, y, al final, acaban cayéndose. Y, al cabo de los años, cuando volvemos a verlas, en lugar de un recuerdo, como las carteleras del cine, lo único que nos muestran es un cuadro sin sonido ni argumento. Aunque, como en el caso de ésta, esté lleno de hojas verdes.

24. HUÉRFANO EN LA CATEDRAL

Cuando cumplí diez años, mi padre se acordó de la promesa que me había hecho el año antes y me llevó a León. Fuimos un sábado por la mañana, en el coche de línea de las ocho, y volvimos por la tarde cargados de regalos y de paquetes para mi madre y yo lleno de una extraña confusión. Era la primera vez en mi vida que veía una ciudad.

Del viaje, lo único que recuerdo, como del día en que mi hermano se fue a estudiar a Madrid, es el olor de la gasolina y el destello azul del cielo cuando doblamos la collada de Sotillos y el horizonte se combó delante nuestro, hacia la lejanía de las montañas, como si fuese el océano. Y, también, el olor de los churros calientes que mi padre le compró a una mujerina que subió al coche de línea cuando éste paró en Boñar. Pero de lo que vi en León —de lo que vi y de lo que soñé— guardo un recuerdo tan nítido que, si volviera, podría hacer de nuevo el mismo recorrido que aquel día hicimos mi padre y yo.

Desde que llegamos a las cocheras, que estaban llenas de gente y olían a gasolina y a churros como el amanecer de Boñar, hasta que regresamos a media tarde para coger el coche de nuevo, yo estuve todo el tiempo prácticamente sin hablar. Estaba tan emocionado, tan asustado y feliz a la vez, que lo único que hacía era mirar a la gente y preocuparme de no perder de vista a mi padre, aunque seguramente él lo estaba aún más de mí. Había tanta gente por la calle, tanto coche, que temía que, si lo perdía de vista un momento, nunca más lo volvería a ver.

Durante varias horas, que a mí se me pasaron tan rápido como si hubiese estado en el cine, paseamos por las calles mirando los edificios y los coches que pasaban rozando a los peatones sin, por ello, llegarlos a atropellar; misterio aquél que me parecía un milagro y que me impresionaba tanto como los edificios que veía a mi alrededor. Creo que fuimos a varias tiendas, a comprar los encargos de mi madre y a encargar unas gafas para él (en realidad, ése había sido el motivo del viaje, aparte de llevarme a mí a León), y, luego, cuando nos pareció la hora, nos sentamos en un banco a comer los bocadillos que mi madre nos había preparado esa mañana mientras nos disponíamos a salir. Yo era la primera vez que comía fuera de casa, al menos al mediodía, y aquel bocadillo compartido en plena calle con mi padre mientras la gente iba y venía a nuestro alrededor me pareció el mejor regalo de cumpleaños que mi madre me había podido hacer. Me acuerdo, incluso, hasta de qué era —de tortilla con jamón— y de que mi padre me dio parte del suyo al ver que yo había acabado el mío cuando él iba aún por la mitad. Se ve que la ciudad me había dado hambre, pese a la emoción del viaje y a los churros de Boñar.

Pero lo mejor de todo estaba aún por llegar. Lo mejor de aquel primer viaje, el primero que los dos hacíamos juntos y el primero que yo hacía a la ciudad, mi padre lo había dejado para la tarde, seguramente para que lo degustara con calma y para que lo guardara siempre entre los mejores recuerdos que la vida me había de deparar: la Catedral. Si era lo que quería, acertó. Cuando la vi aparecer de pronto al final de aquella calle que trepaba suavemente hacia lo alto y en la que, previamente, mi padre me había enseñado un enano (un enano relojero que gastaba pajarita y que trabajaba tranquilamente detrás de su mostrador; seguramente estaba ya acostumbrado a que todos lo miraran), la Catedral me impresionó tanto que de inmediato olvidé al enano, pese a que éste me había impresionado mucho también. La Catedral era un sueño, una fotografía, un decorado de cine alzado en medio de la ciudad. A su lado, la fundición de Sabero, que era el mayor edificio que yo había visto hasta entonces, apenas era una nave, y el castillete del pozo, que era el más alto de Olleros, una simple torreta de la luz. Así, como un decorado, fue como entró en mi memoria y como la recuerdo ahora mirando esta vieja foto que mi padre y yo nos hicimos delante de ella, él con su traje de rayas y yo con las botas nuevas que acababa de comprar, aunque, desde aquella tarde, la he vuelto a ver muchas veces e, incluso, a recorrer de arriba abajo, desde las catacumbas del topo (el que, según la leyenda, devoraba los cimientos de la iglesia mientras la estaban haciendo y cuya piel gigantesca aún cuelga de una pared) hasta el alto campanario que corona la más vieja de las torres y desde el que se puede ver toda la ciudad. Porque como en un decorado de cine, fabuloso y bellísimo y terrible a la vez, me sentí cuando entré en ella y cuando, de repente, me di cuenta de que había perdido a mi padre y de que estaba solo en la Catedral.

No lo olvidaré jamás. Aquellos cinco minutos (no debieron de ser más) se me hicieron tan largos que me parecieron una eternidad. Mi padre y yo, después de hacernos la foto, habíamos entrado en la Catedral y yo me había quedado tan deslumbrado que todavía no había conseguido reaccionar.

Pero mi padre me enseñó en seguida cómo había que mirarla: no hacia lo alto, como hacía toda la gente y como yo estaba haciendo también, sino al revés, hacia abajo, en el fondo del agua de la pila que había junto a la puerta y en la que, como en la de la iglesia de Olleros, la gente se santiguaba antes de desperdigarse entre las columnas que sostenía el techo de aquella fabulosa fundición. Aquella imagen me deslumbró aún más. Era como si la Catedral se hubiese dado la vuelta, como si, de repente, se hubiese inundado de agua y las vidrieras se reflejaran en ella como los árboles en el río cuando en verano nos íbamos a bañar. Si se movía el agua, además, tocándola con el dedo o soplándola suavemente para agitarla, las vidrieras temblaban como los árboles llenándola de colores y convirtiendo la pila en un caleidoscopio tan deslumbrante como el de la Catedral. Hechizado por aquel juego, metiendo el dedo en el agua para ver cómo todo temblaba y cómo las vidrieras se rompían en millones de partículas de luz, estaba yo aquella tarde, absorto como en el cine o como en un sueño fantástico del que pronto habría de despertar, cuando, de repente, alcé la vista y vi que mi padre no estaba ya junto a mí. Sobresaltado, miré a mi alrededor: varias personas entraban y salían por la puerta, pero ninguna era él. Tampoco estaba entre las columnas, ni en los bancos, ni en los confesionarios ante los que algunos hombres esperaban arrodillados su absolución. Asustado, comencé a pedir la mía, como si imaginara que había cometido un pecado, mientras empecé a buscar a mi padre entre los claroscuros de las velas y los reflejos de las vidrieras que a esa hora ya inundaban la nave principal. Me sentía perdido, asustado, solo, huérfano en la Catedral. Prácticamente la había dado la vuelta sin encontrar a mi padre por ningún lado y estaba a punto ya de romper a llorar cuando, de repente, alguien me cogió del brazo y tiró de mí hacia atrás. Era él, que también me estaba buscando y quc, a juzgar por la expresión de su cara, estaba aún más asustado que yo.

Volvimos a las cocheras prácticamente sin hablar. Luego, en el coche de línea, él se quedó dormido y se despertó ya en Sotillos, cuando las luces del castillete surgieron en la noche como las de un faro perdido en la oscuridad del mar. En Olleros, los chicos nos esperaban, como yo tantas otras noches, para saber quién venía en el coche y para ver si podían ganar unas pesetas llevando algún paquete cuyo dueño no estuviese en la parada, y, al verme, me saludaron vitoreándome como a un héroe que volviera de la guerra sano y salvo a su país. Pero yo, aquella noche, lo único que pensaba es que nunca volvería a separarme de mi padre, ni a alejarme de Olleros, para no volverme a sentir huérfano jamás.

25. EL CAMINO DE LA ADOLESCENCIA

Fue una premonición. Aunque aquella noche, mientras volvía a mi casa contento de haber visto la ciudad, pero más contento aún de volver a estar en casa, me prometí a mí mismo que nunca volvería a separarme de mis padres ni a alejarme de Olleros más de lo necesario, yo sentía ya en alguna parte de mi cuerpo o de mi conciencia, que entonces eran lo mismo, que para mí la vida había comenzado ya su cuenta atrás. En los últimos tiempos, al menos, las cosas habían comenzado a suceder a un ritmo mucho más rápido, como si de repente el tiempo se hubiese acelerado, y sentía que la vida se estaba abriendo ante mí como un fruto maduro y atractivo, pero, a la vez, inquietante.

No andaba muy desencaminado. A los dos o tres meses de aquel viaje a León, volví a hacer otro —para operarme de las anginas— y, al mes de éste, otro más —para operarme otra vez, pues la anterior mordí al médico y formé tal alboroto que a duras penas consiguió extirparme una (creo que fui el primer caso, en toda su carrera, que tuvo que extirpar unas anginas de dos veces)— y, cuando llegó setiembre, ya sin anginas y sin escuela, comencé a ir al colegio de Sabero, donde don Vicente se encargaría en seguida de quitarme del todo la rebeldía.

Era un asturiano enorme, con la cabeza cuadrada y cara de boxeador, que dirigía con mano firme el colegio que la empresa había fundado a la sombra de la antigua ferrería para que quienes vivíamos bajo su órbita pudiéramos estudiar el bachillerato sin tener que salir de allí. Aunque, para algunos alumnos, hubiese sido mejor: don Vicente, que, aparte del director, era el alma y la columna del colegio (daba clase de todas las materias y en todas demostraba una gran preparación), no sólo tenía cara de boxeador; sus métodos pedagógicos le habrían servido también para triunfar en ese deporte de no haberse dedicado a la enseñanza. Sus palizas eran famosas en todo el valle, lo mismo que sus insultos, todos muy cultos y literarios —*pollino, zapatilla rusa, tizón del infierno, cuáquero*—, y rara era la semana en que no enviaba a algún alumno al cercano hospitalillo de la empresa con la nariz o la boca rotas o un oído reventado. Lo cual, aunque reprobable, no era extraño en aquel tiempo, al menos en aquel valle, ni difícil de entender. Bajo su régimen de terror, dos centenares de alumnos, de todas las edades y los cursos —que no siempre iban parejos, pues había quien repetía durante años el mismo o distintos cursos y compartía pupitre con otro alumno menor— y, sobre todo, de los dos sexos, algo que entonces no era corriente y que añadía más aliciente a las clases, nos esforzábamos cada día por burlar su vigilancia y dejarlo en evidencia, empeño en el que destacaban los propios hijos de don Vicente, que eran los que más cobraban, y que no resultaba difícil, pues, aparte del descaro y del asilvestramiento de muchos de los alumnos, don Vicente contaba solamente para controlarnos a todos con dos profesores más: una vieja solterona y atildada que se encargaba más de las chicas —de pegarles, me refiero— y un matemático alcoholizado que estaba siempre borracho y que, a causa de su estado, faltaba más a las clases que los alumnos más díscolos. En ese penal simbiótico, y en su prolongación de los soportales y de la nave de la antigua ferrería, bajo cuyas arcadas, lindantes con el colegio, nos refugiábamos en el recreo para jugar al frontón o al fútbol —o al amor, los que ya estaban más duchos— y, a mediodía, los que vivíamos lejos y no podíamos ir a casa como hacían los de Sabero, para comer por allí sentados los gélidos bocadillos que nuestras madres nos habían preparado muy temprano y que llevábamos entre los libros, yo aprendí a marchas forzadas, no sólo ciencias y geografía —y francés, y matemáticas, y lengua, y literatura—, sino, también, y fundamentalmente, las cosas indispensables para sobrevivir en aquella jungla. Lo cual no consistía sólo en sortear las iras de don Vicente. Había que sortear también las riñas y las peleas que cada poco se producían entre los alumnos (el ejemplo de don Vicente, al parecer, se nos pegaba en seguida) y, sobre todo, las bromas y el poder de los mayores, que eran lo que más temíamos: la disciplina de don Vicente no era nada comparada con la que éstos nos imponían.

Comenzaba ya al salir de casa, en el puente de La Herrera, que era el lugar de encuentro de los de Olleros y de separación cuando volvíamos. No éramos más, posiblemente, de la docena (los mineros no solían enviar a sus hijos a estudiar; preferían que ganasen pronto un sueldo, aunque fuese trabajando, como ellos, en la mina), pero, entre los que sí lo hacíamos, los había de todas las edades, desde los dieciocho o veinte años de los mayores hasta los diez de los benjamines. El mayor era un tal *Ñito*. Tenía ya veinte años, y los aparentaba, al menos físicamente, aunque aún estaba en quinto (había repetido por lo menos una o dos veces por curso), lo cual, lejos de quitarle méritos, le daba aún más consistencia para ejercer de jefe del grupo: alguien que había logrado sobrevivir tanto tiempo al rigor de don Vicente tenía que estar curtido. Él y sus cuatro amigos, que formaban una especie de gobierno de campaña cuyo poder ejercían con celo y cuya autoridad nadie discutía, y menos los más pequeños, eran los que decidían desde el lugar y la hora de encuentro hasta lo que se hacía por el camino. Porque el viaje de ida y vuelta hasta Sabero era, aparte de un trayecto, un viaje de iniciación para lo que nos esperaba allí y de preparación para la vida.

Normalmente, y superadas las primeras experiencias a las que a los novatos nos sometían (como llevarles los libros, soportar sus pesadas bromas o entregarles la mitad del bocadillo), el viaje transcurría sin incidentes, salvo los propios de la climatología. En invierno, como hacía frío y, en ocasiones, la nieve caída era tanta que nos llegaba hasta las rodillas, apenas nos deteníamos, salvo para encender un cigarro —los veteranos— o para orinar en la carretera complaciéndonos en ver cómo la nieve se llenaba de pequeños agujeros amarillos. Pero, cuando llegaba el buen tiempo, en otoño y en primavera —y en verano, cuando íbamos al río—, el trayecto, que duraba normalmente media hora, se prolongaba hasta dos o tres, sobre todo a la vuelta de Sabero, en que, además de no tener prisa, el camino era todo cuesta arriba. En esas ocasiones era cuando verdaderamente los más pequeños nos iniciábamos en los conocimientos de la vida.

Obviamente, los encargados de transmitírnoslos eran *Ñito* y sus amigos, que de ese modo ejercían, aparte de su poder, el papel de instructores voluntarios que ellos mismos se arrogaban y al que nadie podía oponerse so pena de quedar fuera del grupo. La instrucción, que abarcaba todos los campos, desde los relativos al colegio (cómo copiar, cómo eludir los castigos, cómo avisar sin ser vistos, incluso cómo saber, por la forma de andar de don Vicente, el humor de que llegaba cada día: si pisaba con fuerza, bueno; si andaba despacio, malo; y, si lo hacía sin meter ruido, malísimo) hasta el trato con las chicas, se desarrollaba a lo largo de toda la carretera, pero tenía su punto central en la cuesta de Sahelices, una pendiente muy prolongada con la que la carretera se despedía del pueblo y entraba en campo abierto trazando una oscura curva. Allí, ocultos entre los árboles y a salvo de las miradas de los posibles viajeros, era donde los mayores nos iniciaban a los pequeños en el conocimiento de las artes prohibidas. Fundamentalmente, a fumar —y a echar el humo por la nariz, que era lo que no sabíamos— y todas las referentes al sexo, que eran las que más nos interesaban y en las que, por supuesto, *Ñito* presumía de ser un gran entendido. Él fue, de hecho, el que nos enseñó a masturbarnos a todos, primero uno por uno y, luego, ya a todos juntos, y el que nos explicó también lo que teníamos que hacer con las chicas, cuando se nos presentara la oportunidad, para no hacer el ridículo. Él se jactaba de no haberlo hecho jamás, pese a que presumía también de tener un gran *curriculum* y pese a que, según supe un día —aunque lo que supe entonces tardaría en comprenderlo mucho tiempo todavía—, el día en que a él se le presentó (con la *Rubia*, una chica de Sabero que fue, al parecer, la que se la dio a muchos), se enteró todo el colegio porque *Ñito* llegó asustado, pidiendo ayuda a sus compañeros y diciendo que la *Rubia* debía de estar muriéndose puesto que, en cuanto él se le puso encima, comenzó a jadear y a ponerse roja como si se estuviera ahogando.

Las enseñanzas de *Ñito*, como parece evidente,

no me sirvieron de mucho (entre otras cosas, porque aún tardaría bastante en llegarme la oportunidad), pero, gracias a ellas, sobreviví aquellos años y empecé a abrirme camino en el colegio de Sabero y en la vida. Quizá era el mismo camino que hacíamos cada día, con nevadas o buen tiempo, entre Olleros y Sabero y que era el mismo que hacían también algunos cuando se les presentaba la oportunidad de la que tanto hablaba *Ñito*: entre Sahelices y Olleros estaba el campo de fútbol en el que jugaba el Hulleras, que era el equipo del valle, y en el que, cuando aquél no jugaba, había otro tipo de fútbol. Fuera o no el mismo camino, yo lo recuerdo con pena (como a *Ñito*, como a la *Rubia*, como al propio don Vicente, víctimas seguramente también de sus propias vidas) porque por él, subiendo y bajando, durante años, todos los días, fuimos entrando en la vida y nos hicimos mayores todos los chicos de Olleros que tuvimos la suerte, al acabar en la escuela, de no ir directamente a la mina. Aunque en la foto estemos inmóviles, posando para el fotógrafo, a la entrada de la cuesta de Sahelices.

26. LA FOTO MUERTA

E inmóviles seguimos en esta otra, también del mismo camino y del mismo año —1965—, aunque la carretera ha cambiado y los que caminamos por ella tampoco somos los mismos. Somos algunos de aquélla, más otros nuevos (están Ibarra y Balboa, pero no aparece *Ñito*), y caminábamos por La Herrera, en dirección a Nueva Montaña, antes de que el fotógrafo nos detuviera. Aunque, al contrario que en la anterior, en ésta nos retrató por sorpresa. Se nota en que ninguno lo miramos, al menos directamente, y en que aún seguimos andando al cabo de tanto tiempo.

Hay también, respecto de la anterior, otra diferencia: ninguno llevamos libros, ni bocadillos envueltos en papel de estraza, lo que demuestra que no íbamos al colegio. Aunque tampoco necesitaba fijarme en eso para saberlo. Balboa e Ibarra nunca lo hicieron (Ibarra se fue de Olleros al poco tiempo que yo y Balboa entró en la mina en cuanto acabó la escuela) y Lolo, que es el del pelo al uno, menos: era tonto y le daban ataques epilépticos. Así que he de suponer que íbamos a jugar al fútbol o a pegarnos a pedradas con los chicos de Sabero, que eran las dos formas que teníamos de dirimir la rivalidad que había entre los dos pueblos. Una rivalidad heredada o asumida poco a poco por los que, como yo, habíamos nacido fuera, pero que se acentuaba con el contacto y que ni siquiera borraba el hecho de que, llegado el momento, algunos compartiésemos pupitre en el colegio de don Vicente.

Pero eso es ya lo de menos. Al cabo de tantos años y tan lejos ya de aquello, adónde nos dirigíamos o con qué oscura intención (lo de oscura lo deduzco de nuestro aspecto guerrero) perdió ya todo interés, al menos en mi recuerdo, y lo que me gustaría saber ahora, más que ninguna otra cosa, es qué fue de esos muchachos que me acompañan en esta foto por el puente de La Herrera; el mismo puente por el que, según decían, se tiró un día Calixto, el *maquis* de la posguerra, con las manos esposadas a la espalda, para escapar de los guardias que se lo llevaban preso. A algunos aún los recuerdo. Son los que compartieron conmigo más cosas que los demás, o más tiempo, o los que, por algún motivo, a veces intrascendente, se incorporaron a mi memoria como el carbón a la tierra. Pero otros —la mayoría— se disolvieron en ella como en un sueño.

Pero existieron. Lo prueba el hecho de que todavía me miran —desde la foto y, alguno, en ella— y de que continúan andando a mi lado por el puente de La Herrera. De algunos recuerdos el nombre, e incluso algún dato aislado (como de Lolo: que era epiléptico, o como del que está a su izquierda: que se llamaba Daniel y que se mató en la mina cuando yo empecé Derecho; lo leí en un periódico que todavía conservo), pero de otros ni siquiera eso. Son absolutos desconocidos, huérfanos de la memoria, que, como el sueño de la razón, a veces produce monstruos. El del jersey azul, por ejemplo. Si no estuviera en la foto, nunca lo recordaría. Es más, habría jurado que jamás lo había visto, cosa que, evidentemente, no puedo seguir haciendo. Es un extraño, un desconocido, como el fotógrafo que nos detuvo o como la mujer que mira desde el balcón de su casa el puente, pero sé que alguna vez compartió conmigo aventuras y peleas (tal vez él las comparte todavía: la memoria no es igual para todo el que recuerda). Es decir: que fue mi amigo, como Balboa o Ibarra, aunque ya no sé quién era.

A veces, mirando fotos, siento el deseo de saber quiénes son los que me miran desde ellas. Me refiero a fotos ajenas (fotos antiguas o de desconocidos o fotos que perdieron hace tiempo ya a sus dueños). Los miro y les pongo nombres —como si, de esa manera, les dotara al mismo tiempo de memoria—, y trato de imaginar, a través de sus rostros y de su aspecto, quiénes eran y qué hacían y por qué quedaron unidos para siempre en esa foto. Es lo mismo que hacía cuando era niño contemplando la vitrina del *Minero*. A veces —la mayoría—, no había visto la película (porque era para mayores o porque todavía no la habían estrenado) y, entonces, mi imaginación era pura e infinita como un sueño: podía dejarla a su voluntad y hacer con ella lo que quisiera. Pero, en otras, las carteleras eran recuerdos; recuerdos de películas que ya había visto, algunas más de una vez, y que me remitían inevitablemente a lo que sabía de ellas. Por eso, precisamente, la imposibilidad de reconocer o de recordar un rostro o el nombre de un personaje que estaba viendo en las carteleras, en lugar de hacerme soñar, como me ocurría en aquéllas, me producía un gran desconsuelo: sentía la obligación, el deber de conocerlos. Es lo que me pasa ahora mirando esta vieja foto. Siento que debería reconocer a mis compañeros, no sólo a los más amigos, como Balboa o Ibarra, sino a todos, pero, por más que lo intento, de algunos ya no recuerdo nada, ni siquiera sus nombres, y a otros no logro reconocerlos. Al del jersey azul, por ejemplo. O al del pasamontañas que está a su izquierda. Si no estuviesen ahí, caminando todavía por el puente de La Herrera, juraría que nunca los había visto o, quizá, que serían integrantes del ejército enemigo de Sabero.

Pero no debería extrañarme de ello. Desde que me fui de Olleros, nunca los volví a ver y, desde entonces, ya ha pasado mucho tiempo. De algunos, volví a saber por mis padres, que todavía siguieron varios años en Olleros (y lo que supe no fue muy bueno: el que no se mató en la mina, como Daniel, acabó en el manicomio como Lolo o en el reformatorio como el *Moreno*), pero del resto nunca volví a saber nada, ni siquiera si seguían viviendo. Por eso es ya tan difícil para mí reconocerlos. Reconozco a Balboa y a Ibarra, y a los otros dos o tres con los que pasé más tiempo (como Miguel, mi vecino, que es el que está a mi derecha, o como Pedro, el del *Zamorano*, que es el de las gafas negras), pero a los demás los veo como a actores de una película de la que sólo quedó, como recuerdo, esta cartelera; una cartelera ajada y ya casi sin color —igual que las del *Minero* al cabo de algunos meses— que ni siquiera me sirve ya para recordar aquélla. Pero no importa. Aunque ya no los reconozca y no sepa quiénes eran o qué hicieron, ni siquiera si se han muerto, mientras la fotografía exista, ellos seguirán viviendo. Porque las fotografías son como estrellas: siguen brillando durante años aunque haga siglos que ya se han muerto.

27. UVAS DE PERRO

La inmovilidad de las fotografías, o, mejor, de los retratados, no es igual, sin embargo, en todas ellas. Hay fotos en que la gente parece muerta, de tan quieta e inexpresiva como está, y hay otras, por el contrario, en que, a pesar de estar también quieta, parece llena de vida. Es como si quisiera escapar de ellas y estuviera esperando, para lograrlo, a que alguien la ayude desde fuera.

Los ejemplos que se me ocurren son infinitos. Las fotos de Walker Evans, sin ir más lejos. O las del propio Juan Rulfo, el escritor mejicano, hechas cuando recorría, como representante de una marca de llantas de automóvil, los pueblos de todo México. Se diría que esos hombres y mujeres que permanecen mirando el tiempo desde las tapias, en el caso del mejicano, o, en el del americano, desde las gasolineras, siguen tan vivos y tan presentes como cuando las hicieron. El secreto está, quizá, en que Walker Evans era uno más de ellos y, por lo que respecta a Rulfo, en que éste sabía que las fotografías tienen que ver con la muerte.

Ésta pertenece al género. Corresponde a un día de mayo de 1966 y está hecha justo enfrente de mi casa, junto a los cubiles viejos. En ella, un grupo de chicos estamos tirando piedras a dos perros que nos miran aterrados, sin comprender por qué los pegamos y sin poder escapar porque están enganchados por el sexo (seguramente los sorprendimos cuando estaban en pleno esfuerzo). Al fondo, un hombre se ríe, como si le divirtiera aquello, y, desde los pabellones, varias mujeres nos miran, asustadas tal vez por el escándalo o por los aullidos de los pobres perros (quizá es imaginación mía, pero uno de ellos parece recriminarnos con la mirada lo que le estamos haciendo). Es una imagen brutal, extraña por lo real, pero habitual en aquellos tiempos: una de las diversiones que teníamos los chicos en Olleros era pegar a los perros, sobre todo cuando andaban copulando por el pueblo. Seguramente, porque envidiábamos su libertad para hacerlo.

Por lo demás, la foto es también violenta. Está hecha desde el fondo de la cuesta, cogiendo el monte y los pabellones y dándole a la perspectiva la dimensión de un paisaje muerto. Es como si todo el pueblo formara parte ya de la mina y la mina llevara abandonada mucho tiempo; ficción a la que contribuyen las nubes que hay sobre él, y que parecen llenas de humo, y los extraños colores que pintan toda la escena: verdes y negros y algún granate —el de las tejas de los cubiles y el de la moto que hay junto a ellos— y el amarillo pajizo de los dos perros. Que es casi el mismo amarillo que el de mi pelo.

La foto —me acuerdo aún— me la dio un amigo, a quien se la regaló el fotógrafo a cambio de algún favor, y durante mucho tiempo la tuve escondida en casa, debajo de una baldosa, para que mis padres no me la vieran. No tanto porque me vieran pegar a unos pobres perros, que me parecía normal (al fin y al cabo, todos los hacían en Olleros), como porque descubrieran que yo sabía mucho más de lo que ellos imaginaban respecto al sexo. Oficialmente, entonces, yo ni siquiera sabía lo que era eso.

Pero el misterio del sexo hacía ya mucho tiempo que me atraía con fuerza. Concretamente, desde que, a los ocho años, sorprendí a una pareja haciéndolo en el mismo lugar en el que están los perros. Eran, recuerdo, vecinos míos: un gallego al que llamaban el *Patillas* —porque las tenía muy largas— y la mujer de un entibador que vivía en el pabellón 13. Ellos a mí no me vieron (y yo apenas pude verlos: era de noche y estaban entre unas zarzas), pero, desde ese día, nunca les miré a la cara porque temía que leyeran en mis ojos lo que yo sabía de ellos. Aunque los volví a ver más veces. Sabía dónde quedaban (al lado de los cubiles) y los seguía discretamente.

Por supuesto, no se lo dije a nadie, ni siquiera a Balboa, que era mi mejor amigo, porque temía que se enteraran ellos —o, lo que hubiera sido peor, mis padres—, pero, a partir de aquel día, comencé a espiar con él a las parejas del pueblo. Los portales de los pabellones se convirtieron así en el mejor escenario de nuestros juegos. Por la noche, cuando volvían a casa, nos escondíamos tras las puertas, que siempre estaban abiertas, y desde allí los oíamos llenos de miedo y deseo, sin que ellos, por supuesto, lo supieran (sólo en una ocasión, recuerdo, una pareja nos descubrió y tuvimos que salir corriendo). En el verano, también lo hacíamos junto al baile, en los desmontes que había detrás de éste, o en los del campo de fútbol, que era el sitio preferido de la gente de La Herrera. Pero el mejor lugar era el cine. En la oscuridad de atrás, bajo la sombra del gallinero, las parejas se besaban con pasión y alguna llegaba, incluso, a joder directamente. El señor Mundo bastante hacía con atender a la proyección como para preocuparse de ellos.

La duda que yo tenía era si no quedarían enganchados como los perros. Pensaba qué pasaría si de repente dieran las luces, cosa que no era infrecuente, y ellos siguieran pegados, sin poder desengancharse, como les pasaba a aquéllos. ¿Los sacarían así del cine o los dejarían seguir hasta que lo consiguieran? Y, en el caso del *Patillas*, si de repente llegara el marido de ella, ¿los mataría tal como estaban o esperaría a que se desengancharan para ocultar su vergüenza?

Como de costumbre, *Ñito* fue el que me lo explicó. Él lo sabía muy bien porque tenía experiencia. El secreto residía, al parecer, en unos pequeños frutos que había junto al reguero y que se llamaban uvas de perro porque eran tan amargas que sólo las comían ellos. Las comían sobre todo en primavera, que eran cuando estaban verdes, y les excitaban tanto que se ponían a copular y durante más de una hora no podían dejar de hacerlo. Por eso se quedaban enganchados y por eso no podían separarse, aunque les tiraran piedras, al contrario que las personas, que podían dejar de hacerlo cuando quisieran. Salvo que, por supuesto, éstas no hubieran comido también las uvas aquéllas. *Ñito* me dijo que él una vez las probó y que durante todo el día tuvo que estar masturbándose para quitarse el efecto. Aunque, como siempre estaba haciendo lo mismo, yo no supe si creerle.

Ahora sé, sin embargo, que *Ñito* estaba en lo cierto. No en lo de aquellas uvas, que yo también conocía, aunque nunca las probé, sino en lo de la excitación que la primavera les producía a los perros: era cuando se veían docenas de ellos apareándose y cuando los chicos los perseguíamos, como a los de la fotografía, arrojándoles piedras por todo el pueblo. Pero la primavera no sólo les afectaba a ellos. Toda la gente de Olleros, cuando llegaba el buen tiempo, parecía transformarse y los montes se llenaban de parejas que buscaban sigilosas un sitio donde esconderse. Hasta nosotros, que aún no sabíamos de verdad lo que era el sexo, pero que ya lo intuíamos (al fin y al cabo, estábamos ya en el umbral de la adolescencia), sentíamos que la sangre nos calentaba por dentro. Quizá por eso perseguíamos a los perros. Porque los envidiábamos, no porque no los quisiéramos.

Por eso, ahora, al cabo de tantos años, miro esta fotografía, tan hermosa y tan brutal al mismo tiempo, y de lo único que me arrepiento es de esas piedras que les tirábamos y que no eran otra cosa que nuestras propias uvas de perro.

28. COMO LA NIEVE

En 1967, al acabar el curso, mi padre se puso enfermo. Había sido un año duro —como todos, imagino— y, cuando terminó la escuela, mi padre fue entristeciéndose como si fuera una planta hasta acabar recluido en casa, sin ganas de hablar con nadie ni de ir al bar siquiera. Era como si la vida le pesara de repente.

Yo no sabía lo que tenía, ni por qué estaba siempre en casa, cuando antes se pasaba todo el día, sobre todo en verano, charlando con los vecinos o trabajando en el huerto. Pero lo veía sentado —o en la cama, algunos días—, con la mirada perdida y el aire ausente, y pensaba que algo grave le ocurría, sobre todo porque nadie quería decirme qué era.

Por otra parte, mi madre también se había vuelto muy callada últimamente. No es que hubiese sido nunca muy habladora, ni muy alegre (si se alegraba por algo, debía de hacerlo por dentro), pero últimamente parecía más preocupada que de costumbre y se pasaba las horas y los días en silencio. Era como si mi padre y ella se hubiesen puesto de acuerdo.

Al principio, yo también me preocupé. Nunca había visto así a mis padres, especialmente a él, que siempre estaba contento —aunque en la escuela fuera muy serio—, y comencé a sospechar que quizá estaba muriéndose. Y la idea de quedarme huérfano, como Balboa, me parecía aún peor que la muerte (todavía soñaba de vez en cuando con el día en que me perdí en León). Pero, como los días pasaban y veía que mi padre no se moría (al revés: que iba comiendo), empecé a despreocuparme y a interesarme más por lo que sucedía en el pueblo. Al fin y al cabo, era verano y no tenía que ir al colegio.

La enfermedad de mi padre me permitía, por otra parte, estar todo el día en la calle, puesto que le molestaba el ruido e incluso nuestra presencia. Mi hermano había vuelto de Madrid, como todos los veranos, y la mayor había terminado sus estudios (ya era maestra, como él quería), pero ni siquiera eso le había puesto contento. Parecía como si nada le interesara, como si no hubiese nada fuera de su cabeza. Así que nosotros aprovechábamos para andar todo el día por la calle, como los demás chavales, cosa que nos estaba vedada durante el resto del año, e incluso en el verano cuando él no estaba enfermo. Aparte de tener que hacer los recados, y de ayudarle en el huerto, nos obligaba a seguir estudiando algo para no perder el tiempo.

Aquel otoño, además, yo también me iba de Olleros. Me iba a Madrid, con mi hermano, quien me había convencido sin querer de lo que el Padre Pesquera, el fraile de barbas blancas que le había llevado a él y que volvía todos los años recorriendo las escuelas de los pueblos (y que, cuando llegaba a Olleros, se alojaba en mi casa: se había hecho amigo de mis padres), pretendía sin éxito hacía ya tiempo: que yo también lo siguiera. Mi hermano lo consiguió sin decirme nada, sólo con sus narraciones y con las fotografías que traía en vacaciones del colegio: un edificio alzado en mitad del monte y rodeado de pinos por todas partes desde el que se veía Madrid y en el que lo alumnos parecían felices, seguramente porque no tenían a don Vicente. Como tampoco tenían que pasar frío, ni que andar seis kilómetros diarios, a veces entre la nieve, para, a la vuelta, tener que ponerse, encima, a estudiar la lección del día siguiente. Que era a lo que mi padre nos obligaba mientras estábamos en Olleros (su sentido de la disciplina era aún mayor que el de don Vicente).

Quizá fue eso, ahora que me doy cuenta, lo que le puso tan triste. No el que ya no pudiera hacerlo (vigilar lo que estudiaba), sino que también me fuera. Tras la marcha de mis hermanos mayores, la casa se había quedado medio vacía y, ahora, con la mía, quedaría ya vacía por completo: ya sólo quedaba en ella la más pequeña. Pero él nunca dijo nada; al revés: me animó a irme, como hizo con mis hermanos, pese a que ello les costara a él y a mi madre tener que quedarse solos durante todo el invierno. Sabían el porvenir que nos esperaba si nos quedábamos en Olleros.

Pero la pena la tenía dentro. Se le notaba en los ojos y en la forma que tenía de mirarnos y en el desinterés que mostraba por todo lo que había fuera. Ni siquiera le importaban las noticias, que antes escuchaba siempre, ni lo que ocurría en el pueblo, pese a que aquel verano, recuerdo, pasaron varios sucesos (aparte de dos mineros que se mataron en Colle, y de otro que quedó inválido, un conductor de la empresa mató a un vecino por celos). Él se pasaba el día sentado —o en la cama, adormilado— y, cuando se levantaba, lo único que hacía era mirar las colmenas. Estaban detrás de casa, en el huerto, y desde la ventana de la cocina podíamos verlas.

Eran su mayor pasión, la única afición, aparte del tabaco, que le recuerdo. Antes las había tenido junto al taller del señor Modesto, un zapatero viejo que era muy amigo de él y con el que pasaba muchas tardes en invierno, pero las había traído porque le quedaban lejos. Él necesitaba verlas, mirarlas cada mañana antes de ir a la escuela y por la tarde, al volver del bar, mientras mi madre hacía la cena. Cuando llegaba el buen tiempo, se pasaba el día entre ellas, revisando los cuadros o cambiando los cepos y, en verano, cuando ya estaban llenas, les sacaba la miel con la que pagaría más tarde los gastos de los hijos que estaban estudiando fuera. El sueldo de maestro no daba para tanto en aquel tiempo.

Aquel año, sin embargo, ni siquiera parecían importarle las colmenas. Las miraba desde la ventana, a veces durante horas, pero como el que mira algo que está muy lejos (posiblemente, él lo estaba, aunque yo no me diera cuenta). Yo aún no sabía lo que era una depresión (ni siquiera había oído hablar de ella) y pensaba que era que ya no le interesaban o que se había cansado de cuidar de ellas. Pero, un día, de repente, le vi salir a la calle y encaminarse hacia el huerto. Caminaba despacio, como si fuera un viejo. Abrió la cerca y entró en el huerto y, por entre las hileras de tomates y hortalizas que él mismo había plantado y que mi madre cuidaba desde que estaba enfermo, se acercó a las colmenas. Allí, se sentó y se quedó mirándolas sin importarle que las abejas zumbaran en torno a él y sin reparar siquiera durante un rato en que yo estaba a su lado, mirándole desde la cerca. Cuando me vio, me mandó acercarme y, cuando me acerqué, me miró muy serio. Pensé que iba a decirme algo, pero se quedó en silencio. Pero, al cabo de un rato, volvió a mirarme y me dijo con voz triste, señalando a las colmenas: «Todos os vais, menos ellas».

Aquel verano, recuerdo, le ayudé a sacar la

miel, pese a que casi no podía aún con los cuadros, que ese año, además, estaban llenos, y pese a que las abejas me daban miedo: me habían picado una vez y me había puesto hinchado como un cerdo. Me preocupaba, además, que me volviera a pasar porque al día siguiente era la fiesta. Pero no me picaron. Al menos, no lo recuerdo. Lo único que recuerdo es que, cuando terminamos, mi padre parecía menos triste y mi madre estaba tan orgullosa de mí como si me hubiesen dado un premio en el colegio. Aunque el premio, para mí, fue este retrato que el fotógrafo nos hizo al lado de las colmenas. Es el último del álbum y el último también que conservo de Olleros: ese montón de colmenas llenas de hombres anónimos, como mis padres, que sigue inmóvil en mi memoria, pero del que yo ya me estaba yendo.

Como la nieve.

ÍNDICE

Impreso en el mes de marzo de 1994
en Romanyà/Valls
Verdaguer, 1
Capellades
(Barcelona)